Einaudi Ragazzi

....

storie & rime

Collana diretta da
Orietta Fatucci

Seconda ristampa, giugno 2017

© 1988 Edizioni EL, via J. Ressel 5, 34018
San Dorligo della Valle (Trieste)
© 2015 Edizioni EL, per la presente edizione
ISBN 978-88-6656-234-4
www.edizioniel.com

BIANCA PITZORNO illustrazioni di Emanuela Bussolati

STREGHETTA mia

Einaudi Ragazzi

STREGHETTA mia

PROLOGO INDISPENSABILE

Un sorrisino compiaciuto aleggiava sulle labbra di Asdrubale Tirinnanzi mentre, affondato sguaiatamente nella poltrona del notaio, ascoltava la lettura del testamento del suo prozio Sempronio, passato a miglior vita la settimana precedente per una fatale indigestione di pesce fritto.

«Finalmente, – pensava Asdrubale soddisfatto, – la vecchia mummia si è decisa a tirare le cuoia!»

Da queste poche righe, cari lettori, probabilmente avrete già capito che:

A) Il prozio Sempronio, da vivo, era stato molto ricco, e morendo aveva lasciato un bel po' di quattrini.

B) Asdrubale Tirinnanzi era il suo unico erede.

C) Asdrubale era un pronipote senza cuore, egoista e avido di denaro quanti altri mai.

Quello che non avete potuto indovinare, ma ve lo dico adesso e mi potete credere, è che oltre a ciò Asdrubale era un giovanotto dall'aspetto disgustoso, con le guance piene di foruncoli, il mento sfuggente, i denti storti e verdastri per la nostalgia dello spazzolino. Aveva i capelli unti e pieni di forfora, le orecchie sporche e una riga nera sul collo della camicia.

Era anche uno sfaticato che non aveva mai pensato a lavorare in vita sua. «Tanto, – pensava, – prima o poi arriverà l'eredità del prozio Sempronio!»

Quanto al prozio Sempronio, per tranquillizzarvi, perché vi so di cuore tenero nei riguardi dei vecchietti, vi dirò che era morto sí, ma a novantanove anni, dopo essersi goduto la vita con i suoi miliardi, senza che il fatto di avere un pronipote cosí antipatico gli avesse mai procurato il minimo dispiacere.

La gente però, che mal conosceva Asdrubale, si aspettava che adesso tutto il danaro del defunto passasse nelle mani dell'unico erede, come stava appunto leggendo il notaio con la sua voce monotona. Tanto monotona che Asdrubale, convinto di sapere già come andava a finire la storia, si era quasi appisolato. Ma le ultime righe del testamento gli arrivarono addosso come una doccia fredda e gli fecero fare un salto sulla poltrona.

– Cooosa!!?? – farfugliò il giovanotto, strabuzzando gli occhi.

Pazientemente il notaio riprese la lettura dell'ultimo paragrafo:

– *Il mio unico pronipote Asdrubale Tirinnanzi entrerà in possesso del mio intero patrimonio solo un anno e un mese dopo la mia morte, a condizione che entro quella data egli si sia sposato con una strega.*

– Roba da matti! – gridò Asdrubale. – Ma, dico, stiamo scherzando? Una strega nel Ventesimo Secolo! Ma se lo sanno anche i bambini in fasce che al giorno d'oggi di streghe non ne esistono piú!

– Si calmi, per favore. Stia zitto e mi lasci finire la lettura, – disse imperturbabile il notaio, e riprese a leggere: – *So che mio nipote troverà pazzesca questa condizione e dirà che le streghe non esistono piú. Ma esistono, invece. Basta saperle riconoscere. Lo so ben io che sono stato cosí felice con la mia Prunisinda, che era una vera strega fatta e finita.*

– La prozia Prunisinda una strega?! – disse

esterrefatto Asdrubale, che aveva solo un vaghissimo ricordo della moglie del prozio Sempronio, una signora allegra, grassoccia e cordiale morta da piú di vent'anni.

– *Sono stato cosí felice con lei,* – continuò a leggere il notaio, – *che voglio assicurare anche al mio erede la stessa felicità.*

Aguzzi dunque l'ingegno. Scovi una giovane strega. La corteggi e se la sposi. Se entro un anno e un mese dalla mia morte non ci sarà riuscito, peggio per lui. Il mio patrimonio passerà alla persona indicata all'interno di questa busta sigillata, che dovrà essere aperta solo allo scadere di quella data. Nel frattempo il notaio la custodirà nella sua cassaforte.

– Roba da matti! – ripeté ansimando Asdrubale ancora tramortito per la sorpresa. – Scovare una strega! Corteggiarla! Convincerla a sposarmi! È una parola!

Ma i miliardi del prozio Sempronio – cinquanta per l'esattezza – gli facevano troppo gola perché rinunciasse subito all'impresa senza fare almeno un tentativo di eseguire la clausola del testamento.

COMINCIA LA STORIA VERA E PROPRIA CON L'ENTRATA IN SCENA DEI PERSONAGGI PRINCIPALI

CAPITOLO **1**

Due giorni dopo, verso le dieci del mattino, nella stessa città, due automobili aspettavano davanti alla porta di una clinica di maternità. Una era un taxi giallo con tanto di autista. L'altra era una vecchia jeep dal colore indefinibile, tutta ammaccata, vuota.

La porta della clinica si aprí e ne uscí un gruppetto di persone: un vecchio dalla gran barba grigia arruffata, due ragazze sui tredici anni, un signore elegante che portava due grosse valigie e una bella signora impellicciata che reggeva un fagottino di coperte azzurre.

Il fagottino conteneva una neonata, che era appena stata battezzata col nome di Emilia. Gli altri erano i suoi genitori, il suo nonno paterno e le sue sorelle Sibilla e Thabita.

La madre di Emilia era una celebre attrice teatrale, che aveva interrotto un fortunato giro di spettacoli giusto per metterla al mondo. Ora doveva riprendere la tournée accompagnata dal marito, che le faceva da impresario. Il taxi era stato chiamato per portarli all'aeroporto. Emilia invece sarebbe andata a casa ad aspettarli affidata alla cura delle sorelle e del nonno.

– Spero che al nostro ritorno le saranno spuntati i capelli, – disse la mamma, sfiorando in un saluto la testolina calva della neonata. – Sono proprio curiosa di sapere se sarà bionda o bruna.

– Io dico bruna. Hai visto che occhietti neri! – disse intenerito il papà.

– Io dico bionda. Quando nascono calvi, poi di solito i bambini sono biondi, – disse la mamma.

Era una vecchia sfida tra loro due. Lei era bionda e lui era bruno, e ci tenevano moltissimo a lasciare la loro impronta sulla discendenza. Ma le loro sei figlie maggiori si erano schierate equamente: tre dalla parte dei capelli neri (una riccia, una liscia e una ondulata), e tre dalla parte dei capelli biondi (una ondulata, una riccia, una liscia).

Ora questa Emilietta, arrivata per ultima, con le prime piume avrebbe fatto pendere da una parte o dall'altra l'ago della bilancia.

Un'ora piú tardi l'aereo si levò nel cielo portando il papà e la mamma verso il lontano teatro di Stoccolma. La jeep guidata dal nonno aveva già riportato le tre sorelle nella villetta scalcinata di periferia dove le aspettava, con le altre quattro bambine, Diomira, l'anziana governante, che in realtà era piú appassionata alle parole crociate che ai lavori di casa.

– Ma con i bebè è una tata formidabile, – aveva detto la mamma ai giornalisti che l'aspettavano all'aeroporto per intervistarla, – cosí posso partire tranquilla, sapendo che lascio Emilietta in buone mani.

GLI ZEP

CAPITOLO **2**

Diomira, pur cosí brava con i bambini piccoli, non aveva mai avuto figli suoi. Era zitella e lavorava in casa Zep (tale era il cognome della famiglia di Emilia) da circa sedici anni. Era lei che aveva allevato tutte le sorelle, quelle bionde e quelle brune.

Ma il suo cocco, il prediletto del suo cuore non apparteneva alla famiglia Zep. Era il figlio orfano della sua defunta sorella Ermelinda, che Diomira aveva allevato prima di diventare la tata di Sibilla.

L'amatissimo nipote si chiamava Zaccaria, aveva ormai ventiquattro anni e lavorava presso la biblioteca comunale del quartiere, come addetto alla sala di consultazione.

C'era, nella biblioteca, anche una matura signorina addetta al prestito a domicilio, ma Zaccaria era infinitamente piú simpatico, cosí che Eleonora e Renata preferivano restare a leggere sedute nella saletta di consultazione invece che portarsi i libri a casa.

Anche perché in biblioteca c'era una gran calma, mentre a casa non si riusciva a trovare un angolo tranquillo per leggere in pace. Fra l'altro quelle due rompiscatole di Hilda e di Ginevra, che avevano solo sei e sette anni, stavano sempre a interrompere, puntando sulla pagina un dito sporco di Nutella e strillando: «Cosa c'è scritto qui?» oppure: «Perché questo libro non ha le figure?».

Hilda poi (che tutta intera si chiamava Hildegard, ma Diomira si rifiutava di pronunciare quel nome ostrogoto) aveva la bella pretesa di leggere «insieme» a una delle maggiori.

Solo che, essendo in prima elementare, ci metteva un'eternità e la grande era pronta a voltar pagina quando lei era ancora alla seconda riga. Ma pretendeva che l'altra aspettasse, mentre quella magari fremeva dalla voglia di sapere se il cattivo aveva affondato il suo coltello a serramanico:

A) nella schiena dell'eroe;
B) nel petto di qualche delinquente suo pari;
C) in una pagnotta;
D) nel piano del tavolo dell'osteria.

Insomma, una pena. Molto meglio la biblioteca, dove c'era anche un giardinetto interno con una pergola per le giornate di bel tempo.

Renata ed Eleonora, lo avrete capito, erano la terza e la quarta delle sorelle Zep. Rispettivamente avevano dieci e nove anni e si somigliavano come gemelle, tutte e due ricce fitte fitte, anche se Eleonora era bionda e Renata bruna.

Ginevra era la penultima e Hilda la piccola di casa (naturalmente prima dell'arrivo di Emilia). Loro due avevano i capelli lisci: Ginevra come una piccola cinese e Hilda come una svedesina.

E cosí avete conosciuto tutta la famiglia, a parte il gatto Mefisto e il pappagallo Zitto.

Il nonno si chiamava Lindoro. Lindoro Zep. Non vi sembra un nome da nonno? Beh, lui invece si chiamava proprio cosí.

EMILIA FA IL BAGNO

CAPITOLO **3**

Sibilla, che era la maggiore, si sentiva molto responsabile nei confronti di Emilia. Cosí decise di aiutare Diomira a fare il primo bagno alla sorellina appena arrivata.

– Facciamo cosí: io la tengo e tu la insaponi, – disse quando la vaschetta fu pronta, con l'acqua alla temperatura giusta.

– No. Tu la insaponi e io la tengo, – rispose Diomira. – Se ti scivola di mano e va sott'acqua, magari affoga, e cosa le diciamo a tua madre quando torna?

Offesa per la sfiducia, Sibilla cominciò a

insaponare di malagrazia la testa calva di Emilia, che sgambettava felice nell'acqua tiepida.

– No! Non cosí! – abbaiò Diomira. – Non vedi che le mandi la schiuma negli occhi? Cosí! – E per mostrare come si faceva, allungò la destra per strappare il sapone di mano a Sibilla. Ma Emilia le sgusciò dalla sinistra, scivolando nell'acqua.

– Oddio! Va a fondo! Acchiappala! – urlò Thabita, che assisteva all'operazione addetta agli asciugamani caldi.

– Annega, annega! Salvatela! – strillarono eccitate Hilda e Ginevra.

Ma Emilia non andava a fondo. Restava tranquilla a galleggiare sul pelo dell'acqua, stirando pigramente braccia e gambe e fissando interessata il soffitto con i suoi occhietti neri.

– Nuota! – disse esterrefatta Eleonora. – Una bambina cosí piccola sa nuotare!

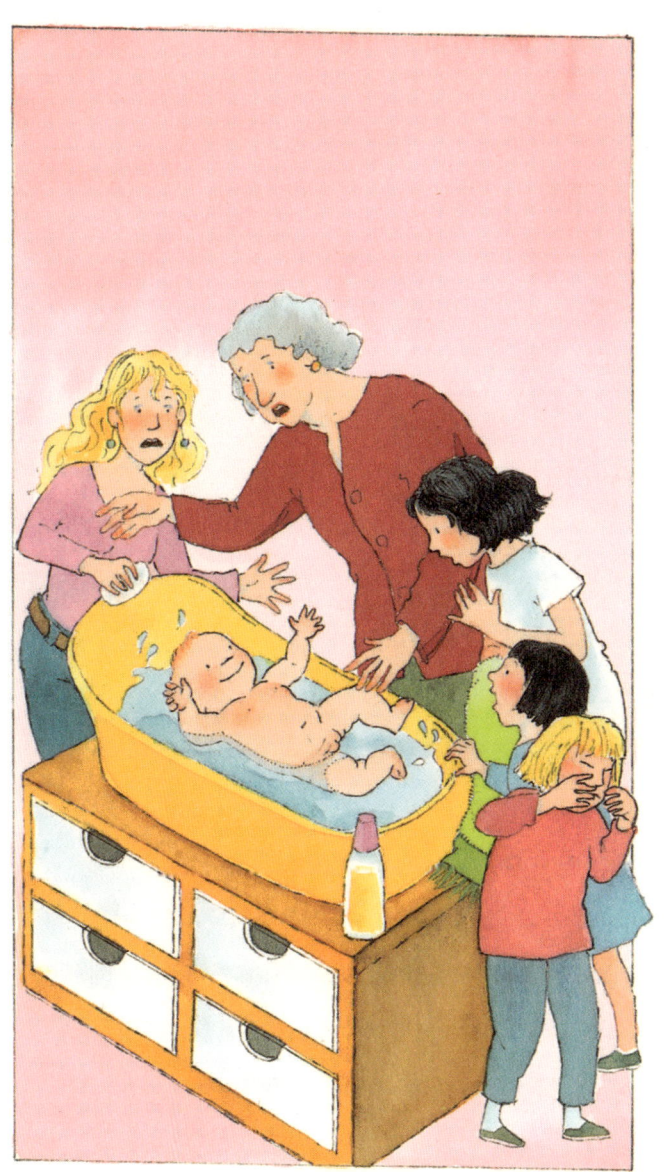

– No. Non nuota. Fa il morto, semmai.
Galleggia, – osservò Renata.

Fu chiamato anche il nonno a osservare lo strano fenomeno. Per essere ben sicuri che non si trattasse di un abbaglio, riempirono sino all'orlo la vasca grande e vi trasferirono la neonata.

Non c'era possibilità di dubbio. Senza che nessuno la tenesse, senza alcun sostegno che la reggesse a fior d'acqua, Emilia GALLEGGIAVA!!!

Come un'ochetta di gomma, come un salvagente, come un fiore di ninfea. Non andava a fondo. E se le mettevano una mano sulla pancia e premevano, andava sotto per un attimo e subito tornava su. Come se fosse piena d'aria, o comunque piú leggera dell'acqua.

– Eppure pesa quattro chili e mezzo, – bofonchiò Diomira sollevandola dalla bilancia. – Un peso normale per un bambino di una settimana. Come mai gli altri neonati vanno a fondo e lei no?

Chiamarono il pediatra, ma anche lui non fu in grado di spiegare lo strano fenomeno.

– La piccola è sana come un pesce, – mormorava perplesso guardandola sgambettare nell'acqua della vasca.

– Può ben dirlo! – rispose il nonno, che era molto fiero delle prodezze di Emilia.

Tutto sommato questo fatto del galleggiare non era mica una tragedia. Anzi! La cerimonia del bagnetto cessò di essere un momento di tensione per Diomira. Si faceva aiutare volentieri dalle ragazze piú grandi e un giorno che non voleva lasciare a metà un cruciverba particolarmente difficile, permise addirittura che Eleonora e Renata, DA SOLE, facessero il bagno alla piccolina.

LO SCONOSCIUTO DELLA BIBLIOTECA

CAPITOLO **4**

Nei giorni seguenti Zaccaria ebbe un bel daffare a cercare negli schedari e sugli scaffali tutti i libri di scienze che gli venivano richiesti dalle due sorelle Zep.

Eleonora e Renata si erano messe in testa di scoprire tutto sulle leggi della fisica, e in particolare come mai certi oggetti galleggiano e altri vanno a fondo. Un libro dopo l'altro, impararono un'infinità di cose interessanti. Ma secondo tutti gli autori, un bambino gettato in acqua o nuota o affoga. Il caso di Emilia non era previsto da nessuno scienziato. Intanto però si era verificato nella biblioteca un fatto non esattamente piacevole.

Da qualche giorno Renata ed Eleonora trovavano il loro tavolo preferito occupato da un lettore che prima di allora non si era mai visto in sala di consultazione.

Il tavolo era grande e le due sorelle, stringendosi un poco, avrebbero potuto sedersi ugualmente al vecchio posto, ma preferivano trasferirsi con i loro libri il piú lontano possibile.

– Fate bene a non dargli confidenza, – disse loro Zaccaria, cui non era sfuggita la manovra. – Quello deve essere matto. Sapete che tipo di libri continua a chiedere da una settimana a questa parte? Libri di magia nera! Ha insistito persino che portassi su dallo scantinato certi volumi ammuffiti che avevo messo da parte in attesa del restauro!

Le due ragazzine risero incredule: magia nera! Nel Ventesimo Secolo! Un giovanotto che probabilmente non aveva ancora trent'anni!

– Veramente, – disse però Eleonora, – il motivo per cui non vogliamo stargli vicino è un altro. Prima di tutto quel tipo non si fa mai lo sciampo. Hai visto che ha i capelli unti e forforosi?...

– E il mento pieno di foruncoli. Se li stuzzica sempre con la matita. Che schifo! – aggiunse Renata.

– E l'alito non esattamente profumato. Gli hai guardato i denti? C'è il muschio come in un presepio, – concluse Eleonora.

– Beh, mi dispiace, – rispose Zaccaria, – non posso vietargli l'ingresso in biblioteca per questi motivi. Ma la prossima volta, insieme al libro che mi chiederà di consultare, gli porterò sul tavolo anche un manuale d'igiene personale.

E così fece. Ma lo sconosciuto era talmente immerso nei suoi libri di magia nera che non se ne accorse neppure.

ZITTO PARLA

CAPITOLO 5

Hilda e Ginevra ardevano dal desiderio di occuparsi anche loro della toeletta di Emilia.

E poiché Diomira lo aveva proibito, decisero di fare il bagno al pappagallo.

Era un bel pappagallo verde che le sorelle avevano regalato al nonno tre anni prima in occasione del suo onomastico.

Il negoziante da cui lo avevano comprato aveva garantito che si trattava di un pappagallo parlante e per questo motivo lo aveva fatto pagare molto caro. Anche Thabita, che era andata a ritirarlo al negozio, giurava di aver sentito l'uccello, ancora in vetrina, pronunciare chiaramente alcune frasi in buon italiano.

– E ne imparerà molte altre! Tutte quelle che vorrete insegnargli! – aveva assicurato il venditore.

Ma da quando era entrato in casa Zep il pappagallo si era chiuso nel silenzio piú ostinato.

– Come ti chiami? – gli chiedevano. E lui zitto.

– Di' buongiorno al tuo padrone! – supplicava il nonno. E quello niente.

– Eppure sa parlare. Vi giuro che l'ho sentito con le mie orecchie, – protestava Thabita.

– Tacerà per spirito di contraddizione, – concluse finalmente Diomira. E, forte della sua esperienza con i bambini testardi, decise di dargli un ordine contrario a quello che voleva fargli fare.

Gli si mise davanti e, guardandolo con cipiglio severo, disse:

– Zitto!

– Zitta tu! – rispose pronto l'uccello.

capitolo cinque

– Sa parlare! Sa parlare! – gridarono le bambine esultanti, contente di non aver sprecato i soldi che avevano risparmiato con tanta pazienza per il regalo del nonno.

Ma la loro gioia risultò esagerata e prematura. Infatti né con le lusinghe né con le minacce il pappagallo si lasciò convincere a dire né una frase, né una parola, né una sillaba diversa da quel «zitta tu!». Anzi, per l'esattezza, quando ad apostrofarlo era un maschio, come il nonno o il papà, si concedeva una leggerissima variante e rispondeva:
– Zitto.

Sarete d'accordo con me che era davvero troppo poco per poter dire d'avere un pappagallo parlante.

E così «Zitto» diventò il nome proprio dell'animale, nome col quale veniva chiamato e al quale rispondeva sempre, troncando la conversazione sul nascere.

Zitto di solito passava il suo tempo su un

trespolo, sgranocchiando semi di girasole. Non era legato, ma sebbene non gli avessero mai spuntato le penne delle lunghe ali verdi, nessuno lo aveva mai visto volare.

Ma torniamo al fatto del bagno.

Per realizzare il loro progetto Hilda e Ginevra aspettarono un pomeriggio in cui le sorelle maggiori erano fuori di casa.

Il nonno si era ritirato per la siesta nella sua stanza all'ultimo piano e Diomira sonnecchiava in cucina, le braccia incrociate sul tavolo e la fronte poggiata sull'ultima rivista di cruciverba.

Emilia era sveglia e gorgheggiava alle mosche nella sua culla, ma le due congiurate non la consideravano una presenza pericolosa.

Quatta quatta, Hilda arrivò alle spalle di Zitto e lo acchiappò, stringendogli il becco con una mano, e con l'altra tenendogli le ali aderenti al corpo perché non starnazzasse.

capitolo cinque

Ginevra aveva già preparato la vaschetta da bagno di Emilia e stava lí pronta con sapone e asciugamano.

In un batter d'occhio, quasi senza rendersi conto di cosa gli stava capitando, il povero Zitto si trovò a mollo.

Le due bambine però avevano pensato che, una volta in acqua, se ne sarebbe stato tranquillo come Emilia a farsi lavare. Invece il pappagallo riuscí a liberare becco e ali e cominciò a dibattersi furiosamente, schizzando dappertutto, beccando alla cieca e strillando con quanto fiato aveva in gola.

Poi sgusciò dalle mani di Hilda e, grondante d'acqua e di schiuma, volò sul bastone della tenda, cosí in alto che nessuno senza una scala sarebbe riuscito ad acchiapparlo.

Le due bambine cominciarono a litigare:

– Sei stata tu che lo hai fatto scappare!

– No. Sei stata tu a lasciargli il becco. E guarda cosa mi ha fatto!

– Ben ti sta. Io con te non ci gioco piú!

Ma a quel punto accadde una cosa straordinaria.

Lassú in alto il pappagallo, fradicio, tremava di freddo ed emetteva brontolii ringhiosi contro le due bambine, quando dalla sua culla Emilia fece sentire un lieve e gentile: – Gheeè gheeè.

Zitto allora allargò le ali, gonfiò tutte le penne scrollandole e si staccò a volo dal bastone della tenda pronunciando distintamente queste parole: – Eccomi, padrona!

E come se non bastasse, mentre volava su Hilda e Ginevra che lo guardavano allibite col naso in su, tutta l'acqua di cui era zuppo il suo piumaggio si condensò in una nuvola e cadde a scroscio sulle loro teste, bagnandole da capo a piedi.

Perfettamente asciutto il pappagallo si poggiò sul bordo della culla e ripeté in tono obbediente:
– Eccomi, padrona.

– È incredibile! – esclamò piú tardi il nonno informato dell'accaduto. – Qualcuno deve avergli insegnato quella frase prima che arrivasse in casa nostra.

Infatti erano sicurissimi di non essere stati loro. Fra l'altro il suo padrone in casa Zep era il nonno, e la frase sarebbe dovuta essere al maschile.

– E come mai se l'è ricordata solo adesso, dopo tre anni che sta con noi? – disse perplessa Sibilla.

– Io sono certa di non avergliela sentita dire, al negozio, – ricordò Thabita.

– Chissà se è disposto a ripeterla? – disse Eleonora, e fece subito la prova.

– Vieni, Zitto, vieni qui da me!

Ma Zitto non si mosse e non disse verbo. Né

ripeté la frase incriminata all'indirizzo di nessun altro membro della famiglia.

– L'ha dimenticata di nuovo! – sospirò delusa Diomira.

Invece piú tardi, quando Emilia si svegliò ed emise uno dei suoi soliti gorgheggi, Zitto scattò dal trespolo come una freccia e urlando: – Eccomi, padrona, arrivo! – andò ad appollaiarsi sul manico della carrozzina.

Questo e il bordo della culla diventarono i suoi appoggi prediletti, e quando Emilia veniva portata a passeggio dal nonno, da Diomira o da qualcuna delle sorelle, il pappagallo insisteva per non lasciare il suo posto e usciva a passeggio anche lui, fiero e dritto, sorvegliando senza tregua con occhio vigile la sua piccola «padrona».

IL GATTO MEFISTO

CAPITOLO 6

A questo punto occorre parlare anche del gatto Mefisto.

Vi sarete certamente chiesti come mai, avendo Mefisto sottomano, Hilda e Ginevra avessero deciso di fare il bagno al pappagallo invece che al gatto, come avrebbe fatto qualsiasi altro bambino di buon senso. Il fatto è che NON avevano Mefisto sottomano. Il gatto abitava, è vero, nella loro stessa casa, ma non lo si poteva definire esattamente un animale domestico.

Lo era forse stato molto tempo prima, quando era arrivato come regalo di compleanno per

capitolo sei

Thabita. Allora era un timoroso gattino nero che al minimo allarme saltava a rifugiarsi tra le braccia della padroncina.

A quel tempo Thabita era una assennata bambina di sette anni, ma Eleonora ne aveva solo quattro e Ginevra aveva appena imparato a camminare. Nonostante le proteste di Thabita le due piccole sottoposero il povero Mefisto a una serie di raffinate torture, come per esempio:

- trascinarlo per la coda su per le scale sbatacchiandolo a ogni gradino;
- vestirlo con gli abiti della bambola;
- pettinarlo col rastrello da spiaggia;
- allenarlo ai tuffi gettandolo dal balcone del primo piano nella vasca del giardino;
- dipingergli le unghie con lo smalto della mamma...

Poi era nata Hilda, era cresciuta e aveva imparato a trascinarsi carponi. Il suo maggior divertimento era alzarsi di scatto acciuffando Mefisto per i baffi e reggersi a questi appigli tirandoli con tutte le sue forze.

Tutto questo avveniva di mattina, quando Thabita era a scuola e non poteva difendere il suo gatto. Cosí il povero Mefisto dovette imparare a difendersi da solo.

E lo fece con i mezzi che la natura gli aveva fornito a questo scopo.

Bastarono infatti una dozzina di unghiate ben assestate e qualche soffio minaccioso per allontanare le tre piccole torturatrici. Mefisto però a questo punto era diventato diffidente verso ogni essere umano. Cominciò a evitare anche Thabita, forse rimproverandole di averlo abbandonato troppo a lungo alle sevizie delle piú piccole.

A poco a poco diventò un gatto selvatico.

Era bello, grosso e lustro. Accettava il cibo che Diomira gli metteva tutti i giorni in una scodella sui gradini della cucina. Non sporcava mai fuori della vaschetta di sabbia e quando era sicuro di essere solo in casa si concedeva il lusso di dormire sui cuscini del divano.

Ma evitava ogni contatto ravvicinato con gli abitanti della villetta.

Preferiva starsene su un armadio, con la testa poggiata al bordo di legno intagliato, e da lassú controllava tutto l'andamento della casa.

C'è da dire, a onore di Mefisto, che non aveva mai cercato di aggredire il pappagallo. Forse nutriva nei suoi confronti quel tipo di solidarietà che si stabilisce tra le vittime dello stesso aguzzino.

Ai tempi della nostra storia comunque le due bambine piú piccole si erano completamente dimenticate del fatto che un tempo Mefisto era stato un gattino domestico e affettuoso, e quindi non sarebbe mai passato loro per la mente né di giocarci insieme con gentilezza, né tantomeno di tormentarlo o strapazzarlo.

Anzi, osiamo affermare che ne avevano un certo timore, e adesso erano loro a girare al largo quando vedevano che c'era il gatto nero in circolazione.

I CAPELLI DI EMILIA

CAPITOLO **7**

Il tempo passava ed Emilia aveva ormai cinque mesi. Ogni settimana Sibilla le faceva una foto con la Polaroid e la spediva alla mamma, perché questa potesse seguire i progressi della piccolina.

– Che tesoro! – esclamava commosso il papà nella stanza d'albergo della lontana città dove il giro teatrale li aveva portati. – Che tesoro! Ma come mai non le spuntano ancora i capelli?

– Non ho mai visto una testina cosí rotonda, rosea e liscia, – diceva la mamma, – e sí che dovrei avere esperienza di bambini dopo aver messo al mondo e visto crescere ben sei figlie!

capitolo sette

Ormai erano sulla via del ritorno. Ancora poche settimane e sarebbero stati di nuovo nella loro villetta scalcinata, con le bambine, il nonno, Diomira, il gatto e il pappagallo.

– Hai visto che buffo? – disse la mamma dopo aver aperto una nuova lettera di Sibilla arrivata fresca fresca da casa. – Nelle ultime quattro fotografie Emilia ha sempre la cuffia in testa.

Non era sempre la stessa cuffia, fece notare il papà. Una era di pizzo bianco, una era di cotone celeste a maglia, una di stoffa rosa con dei nastri verdolini e una era blu a puntini gialli, tutte e quattro di modello diverso.

– Forse sarà arrivato un gran caldo, – disse la mamma, – e non vorranno farle prendere un'insolazione quando la portano a spasso. Qui c'è lo zampino di Diomira.

Invece c'era lo zampino di Renata. Le cuffie infatti erano un espediente che aveva inventato lei, per nascondere ai genitori un fatto sconvolgente: a Emilia erano finalmente spuntati i primi capelli.

Ma non erano bruni come i suoi o biondi come quelli di Eleonora. Erano rossi.

Rossi come una fiamma di notte, rossi come una barbabietola cotta, rossi come una ciliegia matura, rossi come la polpa di un'anguria. Pochi, radi, soffici come le piume di un anatroccolo. Ma rossi come nessuno li aveva mai avuti in famiglia.

E la povera mamma che sperava tanto di vincere la sfida con quattro figlie bionde contro tre more!

E il povero papà che si era illuso di vedere sulla testa di Emilia quei riccioli neri che avrebbero fatto vincere lui!

– È inutile tenerglielo nascosto, – protestava il nonno. – Tanto prima o poi lo dovranno pur sapere! Tanto vale dirglielo subito.

E poiché era vecchio e saggio, le nipoti finirono per dargli retta.

capitolo sette

Cosí quando il papà aprí l'ultima lettera nell'atrio dell'albergo di Vienna (mancava solo una settimana al loro ritorno), dalla busta caddero una foto di Emilia a testa nuda e una ciocca di capelli color fiamma legati con un nastrino verde.

> Vi mandiamo anche una prova concreta perché non pensiate a una cattiva stampa della fotografia.

scriveva Sibilla.

> Mi dispiace. So che ci resterete malissimo: ma vi prego lo stesso di considerare conclusa la vostra sfida con un bel pareggio.

> *Vi informo che non ce la farei a sopportare la nascita di un ottavo fratellino, o, come è piú probabile, di una ottava sorellina. Temo che in quel caso dovrei prendere in considerazione la eventualità di fuggire di casa insieme a Diomira. E chi ci penserebbe allora alle piú piccole?*

– Ha ragione, – disse il papà. – Sette è un numero piú che sufficiente. Credo che il colore dei capelli di Emilia sia un segno del destino che ci dice: «Stop, fermatevi».

– Lo credo anch'io, – disse la mamma. – Io lavoro, lavoro, guadagno, guadagno... Se avessimo solo due figli saremmo ricchissimi, con la piscina, un panfilo, l'autista e il maggiordomo. E invece cosí ce la facciamo appena a pagare lo stipendio di Diomira e a mandare tutte le bambine a scuola vestite come si deve. Un ottavo figlio farebbe saltare definitivamente il nostro bilancio. Emilia deve essere proprio l'ultima.

– L'ultima e la piú simpatica di tutte, con i suoi capelli rossi, – concluse il papà. – Muoio dalla voglia di riabbracciarla!

– Anch'io, – disse la mamma. – Cinque mesi di separazione sono davvero troppi. Ma adesso recupereremo il tempo perduto!

EMILIA IMPARA A... CAMMINARE

CAPITOLO **8**

La visita dei genitori questa volta durò un paio di mesi, durante i quali Diomira se ne andò in vacanza a riposare. Anche Zaccaria aveva preso le ferie dalla biblioteca per accompagnare la zia in montagna ed era stato sostituito da una ragazza un po' scervellata che faceva la svenevole con tutti, persino col disgustoso giovanotto appassionato di magia nera.

La signora Zep era una bravissima attrice, ma una pessima casalinga. Perciò della casa si occupavano le sei figlie maggiori, comprese Hilda e Ginevra, che erano incaricate di portar fuori la spazzatura e di innaffiare le piante del giardino.

Il nonno portava il vassoio della colazione al papà e alla mamma che stavano a letto fino a tardi, facendosi viziare e raccontando tutte le cose straordinarie che erano capitate durante la tournée.

Questa volta però anche le figlie avevano qualcosa di straordinario da raccontare in cambio: che Emilia galleggiava, che Zitto aveva parlato, che gli specchi di casa non riflettevano l'immagine della piccolina.

Quest'ultima stranezza l'aveva scoperta Sibilla che da quando si era innamorata di un suo compagno di scuola, un certo Sigfrido Garlasconi, che non la degnava di uno sguardo, passava davanti allo specchio la maggior parte del pomeriggio.

Si truccava gli occhi, si metteva la cipria verde

sulle guance per sembrare piú magra, cambiava continuamente pettinatura, faceva mille smorfie melense mentre Renata ed Eleonora, nascoste dietro l'attaccapanni, sghignazzavano come matte.

Una domenica mattina Sibilla si era messa sulle palpebre un ombretto color ciclamino che secondo Diomira la faceva assomigliare a un coniglio d'angora. La ragazza invece era convinta di essere bellissima e, mentre passava nel corridoio tenendo Emilia in braccio per portarla in giardino, gettò un ultimo sguardo allo specchio per contemplarsi.

Ma restò di stucco, vedendosi riflessa da sola, con le braccia curve a reggere il nulla. Eppure Emilia era lí, poggiata alla sua spalla, calda, pesante, concreta... Ma lo specchio non la rifletteva.

– È una bambina davvero speciale! – aveva detto il nonno, e altrettanto avevano ripetuto le sorelle maggiori. Ma in fondo, che male c'era? Non è mica necessario specchiarsi per restare in buona salute!

– Anzi, almeno quando avrà quattordici anni non farà tutte le scemenze che fai tu... – aveva detto Diomira a Sibilla.

Mentre le sorelle raccontavano, Emilia stava con i genitori nel lettone, camminando a quattro zampe e scalando i loro corpi come se fossero montagne, giocando a nascondersi sotto le coperte con dei gridolini eccitati.

– Fra un poco comincerà a camminare anche lei, – sospirava la mamma guardandola intenerita. – Peccato che i bebè crescano cosí in fretta!

Una mattina Emilia si trovò a **sedere** tutta sola sul bordo del lettone.

Il papà era in bagno e cantava sotto la doccia. La mamma, affacciata alla finestra, chiacchierava col nonno che era giú nel giardino.

Sibilla aveva appena finito di spazzare le briciole della colazione e stava portando via il vassoio con le tazze e i piatti sporchi. La scopa era appoggiata al muro accanto al comodino.

Zitta zitta Emilia si lasciò scivolare giú dal letto reggendosi alla coperta. Avanzò a gattoni sul pavimento, raggiunse la scopa...

– Mamma! Emilia cammina! – strillò Thabita, che entrava in quel momento seguita a debita distanza da Mefisto.

La mamma si voltò e rimase a bocca aperta.

Emilia camminava davvero reggendosi alla scopa. Ma non era lei che spostava avanti il suo sostegno. Era la scopa a muoversi da sola portando Emilia in giro per la stanza.

– Santo cielo! – disse la mamma, pallida come un cencio, accasciandosi su una sedia.

– Ghè! – fece Emilia tutta contenta salutando con la manina libera.

Fece tre o quattro volte il giro della stanza, sempre piú sicura sulle gambe. Poi inclinò la scopa e vi montò a cavalcioni, reggendosi saldamente al manico con entrambe le mani. La scopa si sollevò leggermente...

– Mamma! Emilietta vola! – esclamò Ginevra.

– Questo è davvero troppo! – sospirò la mamma. E svenne.

Fortunatamente era già seduta, cosí non fece altro che abbandonarsi sullo schienale della sedia e non si fece neppure un bernoccolo.

Ora non dovete pensare che Emilia volasse ad altezze vertiginose. Che arrivasse per esempio a sfiorare il soffitto o il lampadario, o che si dirigesse verso la finestra spalancata. Prudentemente la scopa si teneva a pochi centimetri dal pavimento, che era tra l'altro ricoperto da un soffice tappeto.

Ma, poca o tanta che fosse l'altezza, non c'era dubbio. Emilia volava a cavalcioni della scopa.

capitolo otto

E come se non bastasse, quando alla fine si decise ad atterrare con una bella capriola sul lettone, Mefisto fece un salto, le venne vicino e cominciò a ronfare fregandole la testa contro la schiena.

Mefisto, che da almeno sei anni non si era MAI lasciato né avvicinare né toccare da alcun essere umano!

– Questo è il massimo! – gemette la mamma, che era rinvenuta sotto i ceffoni di Thabita. – Adesso ci manca che anche Mefisto le dica: «Eccomi padrona».

Il gatto nero la guardò con aria sprezzante. «Stupida! – sembravano dire i suoi occhi scintillanti. – Non lo sai, forse, che i gatti non parlano?»

Ma quando Emilia, strillando di gioia, lo afferrò per la coda e cercò di sollevarlo, invece di ribellarsi e tirare fuori le unghie, il gatto le si strofinò addosso e raddoppiò le fusa con l'aria piú soddisfatta del mondo.

LETTURE SHAKESPEARIANE

CAPITOLO **9**

Era arrivato il momento in cui il papà e la mamma dovevano partire di nuovo. Il direttore di un grande teatro di Londra li aveva invitati a un festival shakespeariano dove la mamma avrebbe recitato davanti alla Regina.

Diomira sarebbe tornata dalla montagna solo tra cinque giorni, ma non si poteva rimandare la partenza.

– Non preoccupatevi, ci sono io, – disse il nonno. – E poi le ragazze ormai sono grandi e mi aiuteranno a badare alle sorelline.

– Siamo un po' preoccupati per Emilia, – sospirò

capitolo nove

il papà. – Non abbiamo mai visto un bambino comportarsi a quel modo...

– E sí che di bambini ormai dovremmo intendercene, – aggiunse la mamma. – Ma Emilia è cosí imprevedibile! Siete davvero sicuri che non è un problema troppo grosso per voi?

– Sii ragionevole, mamma, – disse Sibilla in tono rassicurante. – Cosa c'è da preoccuparsi? Emilia sta bene. Mangia, digerisce benissimo, dorme, cresce secondo le tabelle del pediatra, è sempre di buonumore... Adesso cammina anche da sola... Cosa vuoi che le possa capitare di male?...

– Quella scopa... potrebbe cadere...

– Ma hai visto che vola bassissima... e poi si tiene forte. Comunque, per farti stare tranquilla, terremo tutte le scope chiuse nello sgabuzzino, fuori della portata di Emilia.

Insomma, tanto dissero, che i genitori partirono

tranquilli. La mamma già recitava tra sé e sé i brani della tragedia che avrebbe rappresentato davanti alla Regina d'Inghilterra.

Il giorno dopo Hilda e Ginevra ricominciarono a litigare tra loro, a tormentare il pappagallo, a scocciare Renata ed Eleonora.
– Uffa, ma quand'è che ritorna Diomira? – si lamentava Renata.
– Dài, andiamo in biblioteca, – propose la sorella.
– Lí almeno staremo tranquille.
Prima di partire la mamma aveva promesso loro che quella estate le avrebbe portate con sé in Inghilterra, per farle assistere alle rappresentazioni estive.
Eleonora e Renata avevano deciso perciò di leggere qualche opera di Shakespeare per non fare brutte figure con i ragazzi di lassú e con i colleghi attori della mamma.

capitolo nove

Andarono dunque in biblioteca e chiesero un'opera qualsiasi di quell'autore.

La ragazza che sostituiva Zaccaria, troppo occupata a civettare con i frequentatori maschi della sala di lettura, senza neppure guardarle in faccia, borbottò: – Uilliam Scespir? Uilliam Scespir? Chi sarà mai costui? – Poi consultò frettolosamente lo schedario alla lettera ESSE e disse: – Mi dispiace. Non abbiamo niente di questo Scespir. Dev'essere un autore esordiente e ancora sconosciuto.

– Si scrive S-H-A-K-E-S-P-E-A-R-E! – sillabò indignata Eleonora, che aveva letto tante volte quel nome sui copioni della mamma o nelle recensioni dei suoi spettacoli.

– Ah, beh! Potevi dirlo subito, – disse la ragazza senza fare una piega. Poi tirò fuori la prima scheda che le era capitata sotto gli occhi. – Ecco qua. *Macbeth*. Collocazione T.12/23.

Renata intanto pensava divertita: «Se lo sapesse Zaccaria!».

Dopo cinque minuti la sostituta tornò indietro a mani vuote.

– Mi dispiace. Il *Macbeth* è già in lettura –. E indicò col mento il giovanotto della magia nera.

Costui aveva sul tavolo una pila di sei o sette libroni dall'aspetto molto antico.

– Dài, andiamo a sederci vicino a lui, – disse Eleonora a Renata. – Magari sta leggendo qualcos'altro e possiamo farci prestare un attimo questo *Macbeth* giusto per dargli un'occhiata. Sai, forse è roba che non ci piace ed è inutile stare ad aspettare tanto per averlo.

Cosí si erano avvicinate e, vincendo il disgusto per i capelli unti, i denti verdastri e le guance pustolose, avevano detto educatamente al giovanotto, parlando sottovoce come si fa sempre nelle biblioteche:

– Per favore, se non lo sta leggendo in questo momento, ci lascerebbe dare un'occhiata al *Macbeth* di Shakespeare?

Asdrubale Tirinnanzi – perché a questo punto lo avrete riconosciuto anche voi, miei cari lettori – sollevò scocciato la faccia dalle sue scartoffie e disse:

– E invece lo sto precisamente leggendo in questo momento. Fatemi il santo piacere di stare zitte e di aspettare il vostro turno.

Le due sorelle dettero un'occhiata speranzosa alla pila di libri che il loro vicino doveva ancora consultare. Se voleva guardarli tutti quel pomeriggio, doveva fare in fretta.

– Io intanto faccio la ricerca di geografia che devo consegnare a scuola venerdí, – disse Renata sistemandosi sul tavolo.

– E io faccio un tema che mi ero dimenticata di portare in classe ieri, – disse Eleonora.

capitolo nove

A fare i temi, manco a dirlo, Eleonora era un asso. Quella volta il componimento era intitolato: «Fra tutti i membri della mia famiglia ce n'è uno che mi è piú simpatico degli altri. Ora vi spiegherò perché».

In circostanze normali poteva sembrare un tema cretino. Quasi tutte le sorelle Zep si erano trovate a farne uno simile nel corso della loro carriera scolastica. Chi aveva parlato del nonno, chi di Diomira, chi della mamma, e non avevano potuto far altro che scrivere le solite cose.

> Mio nonno si chiama Lindoro come un personaggio di Rossini, perché sua mamma era appassionata delle opere liriche.

Oppure:

Mia mamma fa l'attrice di teatro ed è bellissima quando muore sul palcoscenico con tutto il sangue finto sul vestito di raso e la musica da piangere.

Eccetera.

Ma allora Emilia non era ancora nata e non aveva ancora dato dimostrazione delle sue straordinarie caratteristiche.

Mia sorella, cominciò a scrivere di getto Eleonora, *è una creatura davvero fuori del comune* e proseguí descrivendo tutte le stranezze di Emilia, dai capelli rossi che non rientravano negli schemi della famiglia, al fatto degli specchi, della scopa, del pappagallo che le obbediva e la chiamava «padrona».

capitolo nove

Renata intanto si annoiava a cercare i nomi dei fiumi sulla carta geografica dell'Atlante e ogni tanto sbirciava verso Asdrubale Tirinnanzi per vedere se avesse finito di leggere il *Macbeth*.

Finalmente il giovanotto poggiò il volume e ne prese un altro, cominciando a scarabocchiare su un quaderno di appunti.

Renata si impadronì del libro di Shakespeare, lo aprí a caso e cominciò a leggere: «*Filetto di biscia di palude, bolli e cuociti nel calderone; occhio di ramarro e dito di ranocchia, pelo di pipistrello e lingua di cane; lingua forcuta di vipera e pungiglione di un orbettino, zampa di lucertola e ala di gufo, bollite e gorgogliate quanto un brodo infernale, a distillare un filtro di straordinaria potenza...*».

«Una ricetta davvero appetitosa, – pensò Renata disgustata. – Ecco perché il mio vicino lo stava consultando! Forse è meglio che cominci a leggere dall'inizio...»

La tragedia cominciava con un bel temporale: tuoni e lampi, tre streghe, un gatto grigio di nome Graymalkin e un rospo chiamato Paddock. Le streghe si salutavano, promettendo di incontrarsi ancora. Quindi scomparivano dissolvendosi nell'aria nebbiosa.

Subito dopo però cominciavano a parlare dei re e dei soldati che dicevano delle cose incomprensibili, almeno per Renata che non riusciva a capire la metà delle parole che aveva sotto gli occhi.

«Forse dovrei cercarle sul vocabolario, – pensò, – ma che gusto c'è a leggere un libro a questo modo?» e, annoiata, cominciò ad agitarsi sulla sedia.

– Vuoi smetterla di dimenarti come un'anima in pena? – le disse sgarbatamente il giovanotto, alitandole in faccia un fiato puzzolente.

– Io me ne vado! – disse Renata trattenendo il

respiro. – Eleonora, vieni anche tu. Il tema lo finirai a casa!

– Ho già finito! – disse Eleonora scivolando giú dalla sedia e sventolando il foglio della bella copia perché asciugasse.

Non si era accorta di aver lasciato sul tavolo la brutta copia del componimento. Ma se ne era accorto Asdrubale.

– Razza di villane! – disse a voce alta. – Ai mocciosi di quella età non dovrebbe essere permesso di entrare in sala di lettura. Guardi, signorina, hanno persino lasciato le loro scartoffie sul tavolo!

– Ah, sí?! – disse la sostituta, sorridendo con aria civettuola.

Asdrubale rituffò il naso sul quaderno sgualcito e pieno di pillacchere e continuò a scrivere, sottolineando con forza alcune frasi.

Sul foglio c'era scritto: ⟶

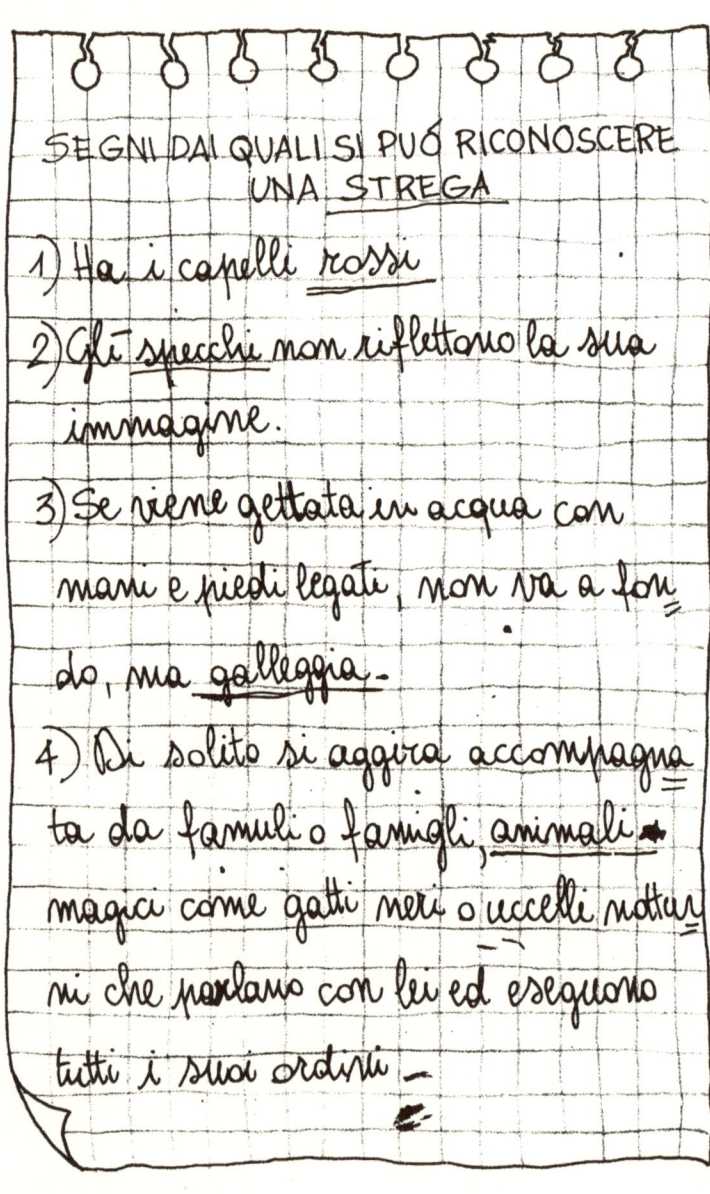

SEGNI DAI QUALI SI PUÓ RICONOSCERE UNA STREGA

1) Ha i capelli rossi

2) Gli specchi non riflettono la sua immagine.

3) Se viene gettata in acqua con mani e piedi legati, non va a fondo, ma galleggia.

4) Di solito si aggira accompagnata da famuli o famigli, animali magici come gatti neri o uccelli notturni che parlano con lei ed eseguono tutti i suoi ordini.

5) Si reca al sabba, la grande fe=
sta delle streghe nelle notti di plenilu=
nio volando a cavallo di una scopa.

6) Fa parte di una serie di **sette ?
sorelle** che non ~~si~~ sia mai stata in
terrotta dalla nascita di un maschio (1)

METODI PER RIDURRE UNA STREGA AL PROPRIO VOLERE

Una volta che si è identificata con si=
curezza, ogni mezzo per catturarla
è lecito. L'astuzia, la violenza, la
menzogna.

Quando la avrete acchiappata, in‑
chiudetela in un luogo umido e buio
Lasciatela a digiuno due settimane.
Poi frustatela 13 volte sui malledi
con dei rami di salice bagnati d'acqua
di mare. Scottatele il pollice di un pie‑
de con una candela accesa e minac‑
ciatela di farla bruciare sul rogo.
A questo punto, pur di essere libera‑
ta, acconsentirà a fare tutto quello
che le ordinerete.

(1) Il grosso punto interrogativo accanto al paragrafo numero sei significava che purtroppo quella informazione non era completa. Asdrubale infatti l'aveva ricavata da un volume antichissimo, le cui pagine, oltre a essere ammuffite e sbiadite, erano state rosicchiate qua e là da un topo.

Alcune frasi quindi erano incomprensibili e Asdrubale non era riuscito a stabilire se la regola fosse completa o se vi mancasse qualche dettaglio fondamentale.

ASDRUBALE FIUTA UNA PISTA

CAPITOLO **10**

Conclusi i suoi appunti con un bello svolazzo, Asdrubale Tirinnanzi chiuse con un gesto stizzito l'ultimo libro di magia che aveva consultato, sollevando una nuvola di polvere antica sul tavolo della biblioteca. Poi cominciò a grattarsi furiosamente la testa, spargendo sui libri una pioggia di forfora biancastra.

Era contemporaneamente furioso e disperato.

A cosa gli serviva conoscere tutto sulle streghe e sulle loro abitudini, se poi non sapeva come fare per incontrarne una in carne e ossa?

E il tempo stabilito dal prozio Sempronio nel

capitolo dieci

testamento stava ormai per scadere. Mancava solo un mese, trenta miseri giorni per scovare una strega, per corteggiarla (augurandosi che fosse nubile, perché non era mica detto) e per convincerla a sposarlo. Se non ci fosse riuscito, poteva dire addio per sempre all'eredità del prozio Sempronio.

Non dovete credere che nel frattempo Asdrubale se ne fosse stato con le mani in mano.
Al contrario. Aveva messo annunci sui giornali, aveva ingaggiato investigatori privati, aveva bazzicato lui stesso tutti i posti dove poteva supporre lontanamente che circolasse qualche strega.
Ma tutto invano.
Si può ben comprendere come quel giorno il giovanotto fosse nervoso e si stuzzicasse senza pietà con la matita i foruncoli che gli fiorivano sul mento.

Ma proprio nel momento della massima disperazione, lo sguardo gli cadde sulla brutta copia del tema di Eleonora, ed egli ne scorse meccanicamente le prime righe.

La sostituta di Zaccaria sentí un urlo soffocato e vide il giovanotto della magia nera (tutti in biblioteca lo conoscevano con quel nome) che sottolineava freneticamente alcune frasi con un pennarello rosso.

Asdrubale non credeva ai propri occhi. «Non c'è alcun dubbio, – pensava, – qui si parla di una strega... E deve essere una strega giovane, se è sorella di quella mocciosa. E non c'è scritto che è sposata...»

Purtroppo non c'era scritto neppure che era una bambina di un anno, e questo il povero Asdrubale non se lo poteva immaginare.

Nonostante gli fosse capitata una avventura cosí straordinaria, era rimasto un giovanotto senza fantasia, e non era capace di riflettere che, se le streghe esistono, ne esistono di tutte le età. Poiché a lui era stato imposto di sposarne una, pensava che fossero tutte in età da marito.

PAROLE CROCIATE

....

CAPITOLO **11**

So benissimo, miei cari lettori, che anche voi a questo punto vi sarete chiesti molte volte: «Come mai nella famiglia Zep nessuno finora ha avuto dei sospetti su Emilia? Come mai le strane caratteristiche dell'ultimogenita, e in particolare il fatto di volare a cavallo di una scopa, non hanno mai fatto nascere il dubbio che la piccina potesse essere una strega?».

Avete ragione. Ma gli Zep, cosa volete, erano gente moderna e istruita.

Erano abituati a considerare il mondo con un atteggiamento scientifico. Disprezzavano le antiche superstizioni e non si erano mai interessati di favole o leggende, pertanto di tutti quei particolari su come riconoscere una strega, non ne sapevano niente.

Avevano ben altro da fare, loro, che spulciare vecchi libri di magia!

L'unica a essere stata sfiorata da un sospetto era Diomira. Non a causa dello strano comportamento di Emilia, che non la meravigliava affatto perché, da ottima ed esperta tata, sosteneva che ogni bebè è diverso dagli altri e che bisogna accettare ognuno cosí com'è.

Il dubbio le era nato durante quell'ultima villeggiatura a causa delle parole crociate.

Diomira era un temperamento creativo e non si accontentava di risolvere i cruciverba che trovava già belli e fatti sul giornale.

Ogni tanto partecipava ai concorsi inviando cruciverba complicatissimi inventati da lei.

Un pomeriggio, mentre si abbronzava su una sedia a sdraio ai margini di un ghiacciaio, aveva deciso di tentare un cruciverba con i nomi delle sue «bambine», come si ostinava a chiamare tutte le sorelle Zep.

E aveva cominciato a scriverli in colonna.

Poi aveva cominciato a controllare le colonne verticali. (Provate a farlo anche voi.) E aveva soffocato un moto di sorpresa.

	1	2	3	4	5	6	7	8	9
1	S	I	B	I	L	L	A	■	
2	T	H	A	B	I	T	A	■	
3	R	E	N	A	T	A	■		
4	E	L	E	O	N	O	R	A	■
5	G	I	N	E	V	R	A	■	
6	H	I	L	D	E	G	A	R	D
7	E	M	I	L	I	A	■		

– Cosa c'è, zia? – aveva chiesto Zaccaria che si abbronzava al suo fianco sorseggiando un bicchiere di latte e menta.

– Guarda un po' che razza di parole formano le iniziali delle mie bambine in ordine di età... STREGHE! Chissà se i loro genitori lo hanno fatto apposta? O almeno se se ne sono resi conto, nello scegliere i loro nomi...

– Penso proprio di no, – disse meditabondo Zaccaria. – Non è nel loro carattere. E poi ne avrebbero parlato, chiacchieroni come sono. Si tratta certo di una pura coincidenza.

– Eppure mi sembra strano... Che voglia dire qualcosa? Non so, un significato nascosto...

– Che assurdità, zia! Lascia perdere queste scemenze! – aveva esclamato Zaccaria, appallottolando il foglio di carta e mettendoselo in tasca. – Va' a sederti sotto l'ombrellone! Il sole troppo forte ti ha dato alla testa, se no non diresti certe stupidaggini...

Diomira si era messa a ridere e aveva dimenticato completamente la faccenda.

Qualche giorno dopo – esattamente la stessa mattina in cui Asdrubale aveva fatto la sua scoperta – era tornata a casa.

E si era completamente dimenticata di quel cruciverba, perché si era arrabbiata come poche volte in vita sua.

Come al solito dopo ogni sua assenza, le stanze della villetta erano sporche e in disordine, l'acquaio pieno di piatti da lavare, il giardino di erbacce, i vestiti delle bambine di strappi e macchie, il frigorifero vuoto e i pesci rossi della vasca morti per indigestione di briciole.

Ma questo se lo aspettava. Aveva sempre saputo che la signora Zep non era una buona massaia!

Quello che non si aspettava era l'aspetto delle sue due predilette, Renata ed Eleonora, che la

accolsero con le teste rapate a zero come due palle da biliardo.

Sibilla dal canto suo aveva i capelli rosso fiamma, ancora piú accesi di quelli di Emilia.

– Beh? Cosa significa questa prodezza? – chiese Diomira con le mani sui fianchi.

– Un esperimento chimico di Thabita, – rispose Eleonora.

Thabita, che era la piú scientifica delle sorelle, appena partiti i genitori aveva inventato una tintura per capelli ottenuta con le erbe del giardino e certi elementi chimici che poi si era dimenticata.

Avrebbe voluto sperimentarla su tutta la famiglia, ma il nonno aveva difeso i suoi pochi peli superstiti e aveva proibito di tingere le chiome delle piú piccole.

– Voialtre siete abbastanza grandi per decidere. Ma mi auguro che abbiate abbastanza sale in zucca!

Invece evidentemente non ne avevano in quantità sufficiente, perché si sottoposero tutte e tre docilmente agli impacchi di Thabita, col risultato che i capelli di Sibilla diventarono rossi, e questo poteva ancora andare, ma quelli di Eleonora diventarono verde pisello, e quelli di Renata viola tramonto.

– Non preoccupatevi. L'effetto della tintura è solo temporaneo, – le aveva tranquillizzate Thabita.

Ma loro due si vergognavano di andare in giro conciate a quel modo, e non avevano trovato niente di meglio che raparsi a zero.

– Ah, sí?! – disse Diomira. – E a scuola cosa hanno detto?

– Non andiamo a scuola. Il nonno ha accettato di scriverci una giustificazione «per motivi di famiglia». Ci telefonano i compiti e li facciamo a casa.

– Brave sceme! Meritereste una passata di ceffoni!

– Sono già abbastanza punite cosí, – intercedette

il nonno. – Pensi, tutto il giorno a casa ad annoiarsi per due settimane! Niente amiche, niente cinema, niente bicicletta, niente piscina, niente biblioteca!

– Va beh! Va beh! – bofonchiò Diomira placata. – Speriamo almeno che vi serva di lezione per la prossima volta!

L'EQUIVOCO FATALE OVVERO DRAMMA D'AMORE IN BIBLIOTECA

CAPITOLO **12**

Ma torniamo ad Asdrubale, che laggiú in biblioteca era stato colto da un dubbio tormentoso.

«Sarà un tema realistico o una composizione di fantasia? – si chiedeva. – Esisterà davvero questa sorella dai capelli rossi che vola su una scopa, o quella marmocchia se la sarà inventata per fare colpo sulla sua insegnante di italiano?»

Bisognava verificarlo immediatamente.

«Le due mocciose mi sembrano frequentatrici abituali della biblioteca, – pensò ancora. – Certamente la signorina saprà chi sono e come è composta la loro famiglia».

Cosí la sostituta di Zaccaria vide con deliziosa trepidazione il giovanotto dei suoi sogni alzarsi e avvicinarsi al suo banco con aria confidenziale.

«Oh, Dio, che emozione! – pensò. – Adesso mi chiede un appuntamento!»

Potrete quindi capirla, se ci restò malissimo nel sentirsi invece domandare se per caso le due bambine che erano appena uscite avessero una sorella maggiore.

Ora si dà il caso che la signorina conoscesse di vista la famiglia Zep.

– Certo che ce l'hanno, – rispose acida. – Se è per questo, ne hanno due, una piú antipatica dell'altra –. (Era la gelosia a farla parlare cosí, perché non le aveva mai frequentate, essendo lei già sulla ventina.)

– E come sono? Voglio dire, di che colore hanno i capelli? – incalzò il giovanotto.

– Una è bruna, nera come un corvo, brutta, ma

capitolo dodici

brutta... – cominciò l'innamorata delusa riferendosi a Thabita.

– ... e l'altra? – incalzava Asdrubale impaziente.

«Qui se gli dico che la maggiore è bionda, si immagina, che ne so, una ragazza bellissima come le cantanti o le ballerine della televisione», pensò la sostituta gelosa, e disse in tono esitante: – Ma, non saprei... è chiara, scialba... Però, guardi, non le consiglio di farle la corte, a quella, perché è una vera strega!

E sospirò soddisfatta, convinta di aver eliminato una rivale.

Ma Asdrubale era al settimo cielo. Già sentiva nelle tasche il peso dei cinquanta miliardi del prozio Sempronio, ed era un peso piacevolissimo, un peso che, come dire, invece di tirarlo verso il basso, lo sollevava nell'aria come un palloncino rosso di eccezionali dimensioni.

– Mi potrebbe dire come si chiamano, e anche

l'indirizzo? – tornò a chiedere petulante, senza accorgersi che la sostituta stava per scoppiare in lacrime per la delusione e la gelosia.

– Non ne ho la minima idea, – mentí sgarbatamente la ragazza con la morte nel cuore.

– Ma, se le mocciose... cioè, se le due ragazzine sono iscritte alla biblioteca, avrete sul registro... – insisteva Asdrubale, che si sentiva a un pelo dal traguardo e non intendeva rinunciare cosí facilmente.

La ragazza cominciò a piangere di rabbia.

– Oh, basta! Se ne vada!

Due o tre vecchietti che leggevano il giornale alzarono la testa dal tavolo e li guardarono con disapprovazione. E chissà cos'altro sarebbe successo, se Zaccaria non avesse scelto proprio quel momento per fare ritorno al suo posto di lavoro, bello abbronzato e riposato dopo le vacanze con la zia Diomira.

MEZZA DOZZINA DI STREGHE

CAPITOLO **13**

Da quel giovanotto in gamba che era, Zaccaria prese subito in mano la situazione. Consolò la ragazza e la mandò a lavarsi la faccia con l'acqua fredda.

Ascoltò cortesemente la richiesta di Asdrubale, ma rispose con fermezza che quelle erano notizie riservate.

Se il giovanotto voleva il cognome e l'indirizzo, che lo chiedesse alle due ragazzine. Avrebbero deciso loro se darglielo o no.

(Conoscendo il disgusto che le sue giovani amiche nutrivano per l'altro, pensava che non lo avrebbero accontentato. Ma era un tipo discreto e non si voleva immischiare.)

Controllando a stento la propria delusione, Asdrubale Tirinnanzi decise di aspettare l'indomani. Non intendeva certo parlare apertamente alle due mocciose, ma le avrebbe pedinate quando tornavano a casa e avrebbe cominciato a vedere dove abitavano.

Se non che, l'indomani le due mocciose non si fecero vedere in sala di lettura, e per tutta la settimana successiva non misero piede in biblioteca.

Anche Zaccaria era perplesso di questa defezione, perché Diomira non gli aveva detto niente dell'esperimento chimico di Thabita e delle sue rovinose conseguenze.

Ma se Zaccaria era perplesso, Asdrubale Tirinnanzi era furibondo. C'era una giovane strega nubile nei suoi paraggi e lui non sapeva come metterci le mani!

capitolo tredici

E intanto il suo tempo prezioso si stava assottigliando sempre di piú.

Il settimo giorno però il destino parve venirgli incontro. Zaccaria era uscito un momento per andare in bagno, lasciando il registro aperto sul banco della distribuzione. Asdrubale si avvicinò con passo felpato.

«Forse troverò l'indirizzo delle due mocciose», pensava. Ma sul registro c'era solo un elenco di libri col prezzo e la data del loro ingresso in biblioteca.

Però dalla tasca di Zaccaria era caduto un foglietto che ora giaceva aperto sul pavimento. Asdrubale ci mise sopra un piede, slittò, gli dette un'occhiata, fece un salto.

In cima al foglio c'era scritto

STREGHE

e, sotto, una lista di nomi.

Felice, incredulo, Asdrubale Tirinnanzi lo raccolse e corse a leggerselo in pace al suo tavolo.

Accipicchia! Quell'ipocrita del bibliotecario non solo conosceva la strega sorella delle due mocciose, ma conosceva addirittura sei, o forse sette maliarde della stessa razza. Ecco lí i nomi, veri nomi da streghe, secondo i testi consultati nei mesi precedenti da Asdrubale: Iheliim, Banenli, eccetera.

È inutile dire che si tratta del foglietto che noi già conosciamo, ma per rinfrescarvi la memoria vi rimando a pag. 82.

«Evviva», pensò Asdrubale. Ora si trattava di far cantare il pollo, cioè Zaccaria. La cosa migliore, decise, era quella di fingere indifferenza.

– Le è caduto questo, e senza volerlo ci ho messo sopra un piede, – disse quando Zaccaria tornò nella sala di lettura. – Spero che non si tratti di un documento importante.

– Oh, no, si figuri! – rispose l'altro divertito. – È solo

capitolo tredici

uno scarabocchio di mia zia. Sa, le piace giocare con le parole. Questi sono i nomi delle sue ragazze... A proposito! Mi scusi, ma devo fare una telefonata.

Il cervello di Asdrubale intanto aveva cominciato a lavorare a una velocità prodigiosa.

«Le SUE ragazze? – pensava. – Questa zia dunque le conosce bene. Forse è una loro parente. Una delle sette deve essere certamente la strega sorella delle due mocciose. Ho notato una certa familiarità tra loro e il bibliotecario... Guarda che ingiustizie ci sono al mondo! Io rischio di perdere cinquanta miliardi perché non trovo uno straccio di strega, e questo ne conosce una mezza dozzina!»

Zaccaria intanto aveva composto un numero telefonico e stava dicendo: – Pronto? Parlo con casa Zep? Sei tu, zia? Senti un po', va tutto bene là da voi? C'è forse un'epidemia di morbillo? Com'è che Renata ed Eleonora da una settimana sono scomparse dalla circolazione?

LA RAGAZZA
DAI CAPELLI ROSSI

CAPITOLO **14**

Asdrubale Tirinnanzi non stette ad ascoltare il resto della conversazione, ma si precipitò al bar di fronte, per consultare l'elenco telefonico.

Fra gli abbonati c'era una sola famiglia Zep e, come c'era da aspettarsi, abitava a cento metri dalla biblioteca, in via Giovanna d'Arco numero tredici.

Senza por tempo in mezzo, Asdrubale si fece spiegare dal barista come arrivarci, andò, trovò il cancello aperto, entrò nel giardino e si nascose dietro un cespuglio.

Il cuore gli batteva all'impazzata.

capitolo quattordici

«Calma, Asdrubale, calma! – diceva a se stesso il giovanotto. – Ricordati che devi convincere la ragazza a sposarti. Devi farle una buona impressione. Devi cercare di conquistarla».

Infatti aveva deciso di ricorrere al rapimento e alla prigionia solo in casi disperati.

Non per gentilezza d'animo, naturalmente, ma perché non disponeva di un locale adatto a rinchiudere una strega recalcitrante per frustarla sui malleoli e tutto il resto.

E poi, visto che doveva prendersela come moglie, era preferibile che anche la ragazza fosse d'accordo, altrimenti nel corso della vita coniugale gli avrebbe fatto pagare molto cari quei cinquanta miliardi. A questo ci arrivava anche un cretino come lui.

«Se però non dovesse apprezzare il mio fascino, non esiterò a ricorrere alle maniere forti!» pensava, masticando il filtro della decima sigaretta.

Era un limpido pomeriggio di marzo. Poggiate al muro della villetta c'erano sette biciclette da donna, di tutte le misure.

«La strega fa parte di una serie di sette sorelle, tutte femmine!» recitò mentalmente Asdrubale Tirinnanzi gongolando, ignaro che la bicicletta piú grande apparteneva a Diomira, e senza calcolare che dietro l'angolo della casa c'erano la bici da uomo del nonno e il passeggino di Emilia.

Sul filo del bucato erano stese sette gonne scozzesi a pieghe.

«Ci siamo! Ci siamo!» esultava in silenzio il nostro giovanotto. E non sapeva che i kilt erano tutti del nonno. Costui da giovane aveva fatto per diversi anni la comparsa nella *Lucia di Lammermoor*, un'opera lirica ambientata in Scozia, e aveva conservato i costumi di scena come un prezioso cimelio. Giusto quel giorno

capitolo quattordici

Diomira aveva deciso di metterli all'aria per far perdere loro l'odore di naftalina.

Poggiata al cancello c'era una scopa di saggina nuova nuova, con un manico robusto e nodoso.

«Sono arrivato alla fine delle mie fatiche», pensò Asdrubale, al settimo cielo, aspettando di vedere da un momento all'altro la fanciulla dei suoi desideri apparire, inforcare la cavalcatura magica e volare con lui verso l'altare.

Non gli importava affatto sapere che tipo fosse: scema o intelligente, affettuosa o di pessimo carattere, bella o brutta. L'unica cosa che gli importava erano i cinquanta miliardi.

Non si sforzava neppure di immaginare che aspetto potesse avere la giovane strega. Sapeva di poterla riconoscere dal colore dei capelli e tanto gli bastava.

La prima a uscire di casa fu Thabita. Aveva in mano due grosse borse vuote e un foglietto:

la lista della spesa, cui gettò un'ultima occhiata prima di inforcare la bicicletta e dirigersi verso il supermercato, pedalando di lena con i riccioli neri al vento.

«Riccioli neri... Non può essere lei», pensò Asdrubale, gettando a terra la cicca della quindicesima sigaretta.

Poi comparve Ginevra. Si affacciò alla porta di casa e poggiò sui gradini una scodella di latte per il gatto.

«E due! Ma anche questa ha i capelli neri e poi è decisamente troppo giovane...» rifletté Asdrubale.

Ancora piú scoraggiante, quanto a età e colore dei capelli, fu l'apparizione di Hilda che, affacciata al balcone del primo piano, si mise a gettare delle briciole ai pesci rossi della vasca del giardino.

«E tre!» pensò Asdrubale, disponendosi pazientemente ad assistere alla sfilata delle altre quattro sorelle.

capitolo quattordici

Ma la porta del garage si spalancò e ne uscirono due ragazzini (due MASCHI!), con delle chiavi inglesi e una pompa di bicicletta in mano. Indossavano due tute azzurre sporche di grasso e avevano i capelli cortissimi, praticamente rapati a zero.

«Due maschi! – pensò Asdrubale disperato. – La strega deve appartenere a una serie ininterrotta di sette sorelle, tutte femmine!»

Le gambe gli diventarono molli per la delusione, e un leggero capogiro lo fece vacillare, mentre i due maschietti gli passavano accanto senza vederlo, nascosto com'era dalle fronde del cespuglio.

Ma lui poteva vedere loro, e quando gli arrivarono a un palmo dagli occhi trasalí, riconoscendo i lineamenti e la voce delle due mocciose della biblioteca.

Perché diavolo si erano camuffate a quel modo?

C'era mancato poco che gli facessero venire un accidente.

Comunque la loro presenza in quel giardino era la conferma, se mai ce ne fosse stato bisogno, che la «pista Zep» era quella giusta.

Asdrubale si sentiva rinascere.

«E cinque!» sospirò sollevato e sputò a terra la cicca della trentesima sigaretta.

Ma la scopa di saggina gli sfrecciò immediatamente sotto il naso.

– Ehi! Dove crede di essere? – gli ringhiò contro Diomira. – Le cicche le getti sul pavimento di casa sua, screanzato! E cosa ci fa nel nostro giardino? Se ne vada! Sciò, sciò! Fuori! Via!

«E sei!» pensò automaticamente il giovanotto, mentre Diomira lo spingeva con fare deciso oltre il cancello. Poi rifletté: «Non può essere la sesta sorella. È troppo anziana. E poi ha i capelli grigi, non rossi. Ma la rapidità con cui fa andare la scopa

è molto sospetta... E quanto ai capelli, in questa casa c'è una pericolosa tendenza a travestirsi...». Cosí, invece di allontanarsi, acchiappò una ciocca dei capelli di Diomira e dette uno strattone, per controllare che non si trattasse di una parrucca.

– Giú le mani, maleducato! – strillò Diomira mollandogli un ceffone.

– Help! – gemette Asdrubale spalancando la bocca.

– E si lavi i denti qualche volta! – aggiunse furiosa la governante sbattendo il cancello e tirando con forza il paletto di chiusura.

Asdrubale si rannicchiò spaventato dietro un lampione. – Cosa mi tocca sopportare per quei cinquanta miserabili miliardi! – piagnucolò sottovoce.

Ma era piú che mai deciso ad aspettare che comparissero le ultime due sorelle, una delle quali doveva essere per forza la strega del suo destino.

Dopo un poco il cancello cigolò, e il nonno portò fuori il sacco della spazzatura.

«Questo non c'entra», pensò Asdrubale, che cominciava a diventare nervoso.

In fondo alla strada squillò il campanello di una bicicletta: DRIIN DRIIINN, e dalla curva apparve una bella ragazza che pedalava energicamente reggendo al manubrio due pesanti borse della spesa. In testa aveva un berretto di lana azzurra e attorno al collo le sventolava una sciarpa dello stesso colore.

«Ecco, questa sí che mi piacerebbe come fidanzata, – pensò Asdrubale. – Peccato che non abbia niente a che fare con la famiglia Zep».

Aveva visto Thabita uscire diretta al supermercato e pensava che fosse lei l'unica vivandiera della famiglia. Non gli passava per la mente che per una famiglia cosí numerosa ci volessero piú cibarie di quante ne potesse trasportare una sola ragazza in bicicletta.

Quindi fu colto di sorpresa quando, arrivata al cancello del numero tredici, la bella dal berretto azzurro frenò bruscamente e scese di sella per sfilare il paletto.

Entrò in giardino reggendo con una mano la bicicletta, e quando fu sulla porta di casa con l'altra mano si sfilò il berretto, scrollando sulle spalle come una criniera una massa di capelli rossi lucenti come un fuoco d'autunno.

Sbalordito da questo colpo di scena, Asdrubale Tirinnanzi incespicò nei suoi propri piedi e cadde di schianto, urtando la testa contro il lampione e facendosi un grosso bernoccolo.

– È ancora lí? – abbaiò Diomira precipitandosi fuori e sollevandolo per il bavero della giacca. Gli dette una bella scrollata e lo spinse lontano nel viale, aiutandosi con un bel calcio in fondo alla schiena.

Asdrubale Tirinnanzi si allontanò barcollando, mentre il cielo sembrava girargli impazzito attorno

capitolo quattordici

alla testa e milioni di uccellini cinguettavano frenetici tra i rami. Le stelle parevano esplodere come fuochi d'artificio, sebbene fossero solo le cinque del pomeriggio.

Era successa una cosa straordinaria: non solo aveva finalmente trovato la strega che avrebbe risolto tutti i suoi problemi...

«Non solo questo! Non solo questo!» pensava esultante, sebbene ce ne fosse abbastanza per impazzire di gioia.

Era successo che, per la prima volta nella sua vita di mollusco, Asdrubale Tirinnanzi si era innamorato. E si era innamorato proprio di Sibilla, la ragazza dai capelli rossi che gli avrebbe portato in tasca i sospirati miliardi del prozio Sempronio.

Quando si dice la fortuna!

Per tutto quel tempo Emilia aveva camminato gattoni nel suo recinto sotto l'albero di mele proprio sotto il naso di Asdrubale, allungando le braccia fra le sbarre nel tentativo di afferrare la scopa. Aveva una tutina di lana verde e in testa una cuffietta dello stesso colore che le nascondeva i capelli.

Zitto stava appollaiato silenzioso sul bordo del recinto e Mefisto, seduto fra le sbarre, fissava con aria diffidente lo sconosciuto, che però non aveva degnato il terzetto della minima attenzione.

Povero Asdrubale! Quella notte non chiuse occhio, pensando che la fine delle sue pene era vicina.

A causa del topo che aveva rosicchiato il manoscritto, l'incauto giovane però ignorava il dettaglio importantissimo che una donna, per essere riconosciuta come strega, non solo deve appartenere a una serie di sette sorelle, ma che deve essere l'ULTIMA di questa serie.

UN CORTEGGIATORE INSISTENTE

....

CAPITOLO **15**

L'indomani mattina Asdrubale Tirinnanzi decise di farsi bello per conquistare la ragazza dei suoi sogni.

A questo punto infatti non gli bastava convincerla a sposarlo, cosa che non dubitava di ottenere in quattro e quattr'otto sventolandole i cinquanta miliardi sotto il naso.

No. L'ambizioso giovanotto a questo punto voleva anche essere amato.

Indossò quindi il suo vestito piú elegante, si cosparse i capelli con un intero barattolo di brillantina e, per la prima volta dopo circa tre anni, si lavò frettolosamente i denti. Poi cercò un negozio di fiori e, dopo aver contrattato a lungo per ottenere uno sconto, comprò un gran mazzo di rose rosse. Se ne infilò una all'occhiello e cosí bardato tornò ad appostarsi davanti al numero tredici di via Giovanna d'Arco.

Le ragazze erano tutte a scuola, tranne Eleonora e Renata, che con dei berretti di lana sulle teste rapate lavoravano in giardino, concimando le piantine dei narcisi attorno alla vasca.

Anche Emilia era fuori, nel suo recinto, tutta imbacuccata in una tutina rossa, a godersi il pallido sole invernale.

Come al solito il gatto e il pappagallo le facevano compagnia.

E come al solito Asdrubale Tirinnanzi, pur avendolo tutta la mattina sotto al naso, non degnò il terzetto della minima attenzione.

Verso l'una finalmente il giovanotto sentí delle

capitolo quindici

voci e delle risate in fondo alla strada e vide arrivare Thabita, che si infilò in casa di corsa, seguita a una certa distanza da Sibilla, che teneva per mano, una per parte, le due piccole con le loro cartelle a tracolla.

Asdrubale avrebbe preferito parlarle a quattr'occhi, ma il tempo a disposizione era poco e non poteva lasciarsi sfuggire l'occasione.

Quindi saltò fuori dal suo nascondiglio, le sbarrò la strada e, porgendole il mazzo di rose con un profondo inchino, esclamò precipitosamente:

– Signorina, accetti questo omaggio che non è degno della sua bellezza! Insieme alle rose, metto il mio cuore ai suoi piedi.

Molto interessate Hilda e Ginevra guardarono per terra, vicino ai piedi di Sibilla, ma non videro niente.

– Bugiardo! – disse Hilda.

– Dev'essere un matto, – disse Ginevra.

– Prego? – disse Sibilla. – Non ho capito quello che ha detto. Vuole spiegarsi meglio, signore?!

– Signorina, – ansimò Asdrubale emozionatissimo. – Lei è bellissima. È la piú bella ragazza che io abbia mai incontrato. La amo pazzamente dal primo istante che l'ho vista. Mi vuole sposare?

– Ma io non la conosco… – protestò Sibilla sconcertata.

– Ha ragione. Mi presento. Asdrubale Tirinnanzi. Unico erede del defunto Sempronio Tirinnanzi, miliardario. Mi sposi, e sarà miliardaria anche lei.

– Ma ho solo quattordici anni! – disse Sibilla.
– Devo finire la scuola. Mi voglio laureare in archeologia spaziale…

– Sciocchezze! – esclamò Asdrubale. – Le belle ragazze non devono perdere tempo con lo studio! Devono solo pensare a sposarsi al piú presto.

Possibilmente con un giovanotto molto ricco.
Come me.

Sibilla lo fulminò con uno sguardo di disprezzo e senza rispondere attraversò il cancello trascinandosi dietro le sorelline.

- Aspetti! - gridò Asdrubale. - Non faccia cosí! Mi dica almeno il suo nome! È forse Banenli? Oppure Ltaorga? O Aaraa?

Ma Sibilla era entrata nella villetta e si era chiusa la porta alle spalle con decisione.

- Sibilla ha fatto una nuova conquista, - annunciò Hilda al resto della famiglia riunito al tavolo da pranzo.

- Perché non gli hai detto che ami Sigfrido Garlasconi? - chiese Thabita.

- Perché non sono fatti suoi. E neanche tuoi.

- Ttss! Ttss! - disse Diomira con disprezzo scodellando la minestra. Nel segreto del suo cuore aveva sempre sperato che, a tempo debito, Sibilla si sposasse con suo nipote Zaccaria.

Quella notte, per tutta la notte, sotto alle finestre della villetta di via Giovanna d'Arco tredici risuonò uno strano ululato lamentoso.
– Banenli! Ltaorga! Ibaoedl! Aaraaaaaa!
Sibilla dormiva sodo, ma Diomira continuò a rigirarsi nel letto tutta la notte infastidita, non solo dal rumore che le impediva di dormire, ma anche da un pensiero fastidioso che le ronzava nel cervello come una zanzara d'autunno: «Mi pare di aver già sentito queste parole...». Ma non riusciva a ricordare né quando né dove, e questo non le piaceva affatto. «Non starò per caso diventando una vecchia rimbambita? – pensava. – Sta' a vedere che adesso non riuscirò più a fare le parole crociate...»
– Iheliim! Litnvei! Aaraaa! – gridava lo sconosciuto.

capitolo quindici

Il nonno si alzò e, scalzo e in pigiama, andò a guardar giú dalla finestra. Ma la notte era buia e non riuscí a collegare lo sconosciuto che era stato sorpreso a spiare nel giardino con l'ombra che si dimenava sotto il lampione, agitando un mazzo di rose appassite.

Se ne tornò a letto, e passò il resto della notte sveglio, mandando tanti accidenti a chi non lo lasciva dormire in santa pace.

ASDRUBALE NON DEMORDE

CAPITOLO **16**

L'indomani all'ora di pranzo, Sibilla ricevette un enorme mazzo di tulipani gialli e una scatoletta di raso che conteneva un anello con un brillante.

«Tutte le donne sono sensibili al fascino dei gioielli, – aveva pensato Asdrubale. – Dalle dimensioni del brillante capirà che l'amo davvero e che sono davvero un uomo ricchissimo».

Poiché non era riuscito a sapere il nome della sua bella, aveva indirizzato il suo dono «Alla splendida fanciulla dai capelli di fiamma che ieri ha benevolmente accolto la mia dichiarazione d'amore».

capitolo sedici

– Benevolmente! – esclamò Sibilla indignata.
– Se non ho accettato i suoi fiori e gli ho sbattuto la porta in faccia!

– Cosa ne farai dell'anello? – chiese Renata incuriosita.

– Glielo devi assolutamente restituire! – affermò Diomira con decisione.

– E come faccio, se non so come si chiama né dove abita? – protestò la ragazza.

– Non preoccuparti. Tornerà alla carica, – disse il nonno.

Infatti il giorno dopo Asdrubale Tirinnanzi andò ad aspettare Sibilla all'uscita di scuola.

– Giusto lei! – disse la ragazza appena lo vide. E senza lasciargli il tempo di aprir bocca si frugò in tasca, ne tirò fuori l'anello involto in un kleenex spiegazzato e glielo ficcò in mano. – Non mi piacciono i gioielli! – disse brusca. – E non mi piacciono i giovanotti come lei!

– Ma io l'amo! – protestò Asdrubale.

– Mi dispiace, – rispose Sibilla. – Io no. La prego di lasciarmi in pace.

– Ma io non posso fare a meno di lei! Io devo assolutamente sposarla. E presto, anche. Non c'è tempo da perdere.

A Sibilla scappò da ridere.

– Non dica stupidaggini. Non vede che sono una ragazzina? Vada a cercarsi un'altra innamorata e non mi venga piú tra i piedi.

Arrabbiato e deluso Asdrubale cercò di protestare, ma Sibilla si uní a un gruppo di compagne e se ne andò, lasciandolo con un palmo di naso.

ASDRUBALE PASSA ALLE MANIERE FORTI

CAPITOLO **17**

Furibondo, il nostro giovanotto decise di modificare i suoi piani. Non aveva mica tempo da perdere a fare la corte a quella smorfiosa! Allo scadere della data fatale ormai mancavano solo diciotto giorni.

«Visto che non mi vuole con le buone, mi prenderà con le cattive maniere. E sarà tutta colpa sua, perché io ero partito con le migliori intenzioni del mondo».

Gli occorreva un sotterraneo per rinchiudere la strega.

Si ricordò che sul giardinetto della biblioteca

si affacciavano certe finestrelle a livello del suolo protette da una grata.

Scoprí che si trattava di una grande cantina, zeppa di vecchi libri in attesa di restauro. Lusingando la ex sostituta della sala di consultazione, che ora sostituiva l'anziana signorina del banco prestiti, Asdrubale Tirinnanzi riuscí a rubarle le chiavi dello scantinato. Si procurò un bidone d'acqua marina e un gran fascio di rami di salice freschi.

«E ora a noi due, brutta scema d'una strega!» disse fregandosi le mani.

Il lunedí successivo a questi avvenimenti, Diomira si svegliò con un fortissimo mal di schiena.

– Questa maledetta sciatica! – disse piangendo dal dolore. – Non riesco ad alzarmi dal letto. Proprio oggi che dovevo portare Emilia dal pediatra per la solita visita di controllo.

– Non preoccuparti, – le disse Sibilla, – vuol dire che per oggi salterò la scuola e la porterò io. Tu resta a letto al caldo e pensa solo a guarire.

Cosí lavò ben bene Emilia, la pettinò, la vestí con cura e la sistemò nel passeggino. Il gatto e il pappagallo erano già pronti davanti alla porta di casa.

– Eh, no! – disse Sibilla. – Oggi voi due non venite. Passi quando andiamo ai giardini, anche se ci ridono dietro a vedere questa processione. Ma quel povero pediatra ha già visto abbastanza stranezze con Emilia che galleggia eccetera... Volete fargli credere che la nostra famiglia è un circo equestre?

– Su, su, andate in cucina, – disse il nonno. – E non fate quei musi tristi. Non ve la rubiamo mica la vostra Emilia. Fra un paio d'ore sarà di nuovo a casa.

Lamentandosi pietosamente, le due bestie si

lasciarono portar via, mentre Sibilla usciva di casa e spingeva il passeggino verso il cancello. Ignara del pericolo, la ragazza camminò spedita fino alla biblioteca, la oltrepassò e si inoltrò nel sentiero del parco che le permetteva di accorciare la strada.

A quell'ora mattutina non c'era nessuno in giro, cosí che quando Asdrubale Tirinnanzi sbucò da dietro un cespuglio reggendo tra le mani una rete di quelle che si usano al circo per le bestie feroci, Sibilla ebbe un bel gridare: – Aiuto! Aiuuutoooooo!

Nessuno la sentiva e nessuno la poteva vedere mentre il disgustoso giovanotto avanzava sghignazzando verso di lei.

Istintivamente Sibilla si chinò a prendere Emilia dal passeggino e la strinse tra le braccia, cosí che quando la rete spiegata si abbatté su di lei, le imprigionò tutte e due, con gran disappunto di Asdrubale Tirinnanzi, che avrebbe voluto portarsi via solo la grande, abbandonando la piccola nel

capitolo diciassette

parco al suo destino. Ora non aveva certo tempo da perdere per districare la piccina dalle maglie.

– L'hai voluto tu, brutta stupida! – disse. – Adesso la marmocchia dovrà seguirti nel nido d'amore che ti ho preparato!

Il sotterraneo era buio e pieno di ragnatele. I libri, poggiati a terra in alte pile che arrivavano al soffitto, puzzavano di muffa. Rapidi fruscii negli angoli piú scuri rivelavano presenze di topi.

Asdrubale Tirinnanzi aveva inchiodato dei pezzi di legno sulle finestrelle in modo che nessuno da fuori potesse vedere o sentire quello che succedeva nella cantina.

Sentendosi al sicuro, il giovanotto liberò Emilia dalla rete e la depose dentro lo scatolone che aveva contenuto una enciclopedia.

– Tu sta' lí e non fiatare! – disse sgarbatamente.

– Ghè! – rispose Emilia.

– Zitta, se ci tieni alla pelle!

– Se fai del male a mia sorella ti spacco la faccia! – disse Sibilla dibattendosi invano.

– Provaci! – sghignazzò il giovanotto. E intanto con una grossa corda stringeva i lembi della rete e legava la ragazza, ridotta a un salame, a un tubo di ferro che sporgeva dal muro. – Per l'ultima volta, accetti di sposarmi, sí o no? – chiese minaccioso.

– Mai! – rispose Sibilla, e dette uno strattone per liberarsi.

Il tubo a cui era legata, fradicio di ruggine, si ruppe e un potente getto d'acqua innaffiò la prigioniera, che per il contraccolpo era caduta lunga distesa a terra.

Al secondo piano della biblioteca, nel bagno del personale, Zaccaria restò con le mani insaponate a mezz'aria.

– Guarda se l'acqua doveva mancare proprio

adesso! – esclamò. – Bisogna che telefoni al custode di dare un'occhiata all'autoclave.

Giú in cantina Emilia era riuscita a scavalcare i bordi dello scatolone e si stava avventurando tra le pile dei libri in precario equilibrio.

Asdrubale Tirinnanzi aveva risollevato Sibilla, fradicia da capo a piedi.

– E questo non è che l'inizio! – diceva. – Preparati a dodici giorni di digiuno completo. Poi passeremo alla frusta.

– Dodici giorni! Pss! – rispose Sibilla sprezzante. – Entro domattina verranno a liberarci. Etciuuum!

Asdrubale Tirinnanzi la guardò perplesso. Quello starnuto preannunciava un solenne raffreddore. Adesso ci mancava anche che quella stupida si ammalasse! E lui che non aveva preparato niente per una simile eventualità! Come l'avrebbe curata per evitare che morisse prima di aver celebrato il matrimonio? E se poi la notte tossiva e insospettiva il guardiano notturno della biblioteca?

Meglio correre subito ai ripari.

Si tolse la camicia che, eccezionalmente, era pulitissima, e la porse a Sibilla.

– Asciugati! – ordinò slegandole le mani.

Sibilla si fregò energicamente la testa e... Asdrubale Tirinnanzi lanciò un urlo, fissandola con gli occhi fuori dalle orbite.

Il fatto è che la tintura casalinga dei capelli di Sibilla a ogni sciampo scoloriva un poco, e grazie a quella innaffiatura imprevista, il colore rosso fiammante era passato tutto sulla camicia di Asdrubale.

I capelli della ragazza, bagnati e attorcigliati come serpentelli, avevano ripreso il loro colore naturale, che era biondo grano.

– Tradimento! Sono stato ingannato! – cominciò

a strepitare Asdrubale. – Bugiarda infame! Ah, ma te la farò pagare!

Ma non fece a tempo a passare dalle parole ai fatti perché un oggetto lanciato con forza lo colpí in mezzo alla schiena facendolo cadere bocconi sul pavimento.

– Emilia! Sta' attenta! Puoi cadere! Scendi immediatamente! – gridava ora Sibilla, confondendo la sua voce coi gemiti del suo innamorato.

Ma Emilia, tutta contenta, volava a cavallo di una vecchia scopa che aveva trovato piena di ragnatele in un angolo della cantina. Sfrecciava da una parete all'altra appena sotto il soffitto a volta, poi scendeva in picchiata su Asdrubale Tirinnanzi e lo colpiva col manico della sua cavalcatura.

Risaliva in alto ridendo, piroettava, si impennava nell'aria come a dire: «Guardatemi! Guardate come sono brava!». Ma naturalmente non diceva altro che: – Ghè!

Nell'impeto del volo il berretto azzurro le era caduto dalla testa e Asdrubale Tirinnanzi sussultò, vedendo i suoi riccioli rossi.

Immediatamente capí di aver commesso un errore madornale. Comprese che la frase rosicchiata dal topo si riferiva al fatto che la strega è sempre l'ULTIMA di sette sorelle.

Si dette dell'idiota imbecille per non esserci arrivato da solo. Si disperò e riprese coraggio, tutto nella frazione di un secondo.

Cosa c'era da disperarsi, in fondo? Anche se involontariamente, aveva pur sempre catturato una giovane strega nubile, e ora la teneva in propria balía.

Avrebbe sottoposto LEI al digiuno e alle frustate, l'avrebbe piegata alla sua volontà, l'avrebbe portata davanti al sindaco e l'avrebbe sposata. Aveva davanti a sé ancora quindici giorni. Un sacco di tempo.

CACCIA ALLA STREGA

CAPITOLO **18**

A casa intanto Diomira giaceva nel suo letto di dolore, tutta imbacuccata nelle coperte, con sei borse d'acqua calda e uno scialle di lana avvolto intorno ai fianchi.

– Riuscissi almeno a fare un sonnellino! – sbuffava risentita. – Se quelle due bestiacce della malora non la piantano di fare baccano, giuro che scendo giú e le strozzo!

Infatti giú in cucina il gatto e il pappagallo continuavano da circa un'ora ad agitarsi come due anime in pena. Mefisto raschiava con le unghie il legno della porta miagolando pietosamente. Zitto sbatacchiava le ali, scrollava col becco la maniglia della finestra, sospirava... Poi si metteva d'improvviso a dare testate contro il vetro come un isterico urlando: – Aiuto! Aiuto! Pericolo! Non c'è tempo da perdere! Allarme! Aiuto!

– Ma la vuoi smettere una buona volta! – gli gridò il nonno gettandogli addosso uno strofinaccio umido.

Non capiva perché le due bestie fossero cosí agitate. Da parte sua non aveva nessun motivo di preoccuparsi. Era una mattina come tutte le altre. Le bambine erano a scuola. Sibilla ed Emilia erano uscite solo da un'ora e il loro ritorno era previsto per l'ora di pranzo. Per quanto ne sapeva lui, in quel momento stavano facendo la coda nell'anticamera del pediatra.

Non poteva immaginare che invece fossero prigioniere di un pazzo nel sotterraneo della biblioteca.

Cancellata dalla mente ogni traccia dell'antico amore, Asdrubale aveva perso immediatamente ogni interesse per Sibilla, che continuava a starnutire fragorosamente asciugandosi i capelli con la sua camicia.

Tutta la sua attenzione era rivolta adesso verso Emilia.

Troppo in fretta aveva cantato vittoria! Per realizzare il suo progetto matrimoniale, prima di tutto doveva catturarla. Ma l'impresa non si prospettava tanto facile.

All'inizio cercò di attirarla con le buone.

«È cosí giovane, – pensava, – che certamente sarà ingenua e credulona».

– Scendi, piccina, – le disse quindi con voce mielata. – Scendi, caruccia, che il tuo Asdrubale ti dà un bel biscottino!

Ma Emilia, ridendo, staccò un calcinaccio dal soffitto e glielo tirò in testa.

capitolo diciotto

– Ahio! – gemette Asdrubale. – Vuoi la guerra, eh? E guerra sia! Credi di potermi sfuggire per sempre? Ti acchiapperò, brutta strega, e te la farò pagare!

E si mise a rincorrerla tendendo le braccia verso l'alto. Ma sebbene la volta del soffitto fosse piuttosto bassa, Emilia riusciva sempre a schivarlo per un pelo, sfrecciando verso l'angolo opposto della cantina.

«Se avessi una retina per farfalle, la acchiapperei in quattro e quattr'otto», pensò Asdrubale, guardandosi attorno per cercare qualche attrezzo che gli potesse servire.

Trovò solo un bastone e con quello cominciò a menare botte da orbi per aria, come se fosse a una festa della pentolaccia.

– La smetta subito! – gridò Sibilla allarmata.
– Non vede che può farle male!? Etciuum!

Era arrabbiatissima, soprattutto perché

non riusciva a capire le intenzioni del suo corteggiatore (del suo EX corteggiatore, veramente, ma ancora lei non lo sapeva).

«Come? – si chiedeva. – Prima il giovanotto non aveva degnato Emilia della minima attenzione. Ce l'aveva a portata di mano, anzi, tra le mani, e l'aveva depositata in una scatola di enciclopedia. E ora si era messo a inseguirla come se si trattasse di vita o di morte. Roba da matti!»

– La smetta! – ripeté. – Lasci stare la mia sorellina! Cosa le vuole fare?

– La voglio sposare! – rispose Asdrubale continuando ad agitare il bastone per aria.

– Ma non voleva sposare me? – disse Sibilla esterrefatta. Che incostanti, gli uomini! – E poi non ha visto che Emilia ha solo un anno?

Ma era come parlare al muro. Il giovanotto ormai aveva perso il lume della ragione e correva come impazzito, urtando contro le pile di libri che gli franavano addosso in nuvoloni di polvere, inciampando, sbraitando parolacce, cadendo e rialzandosi...

All'improvviso ci fu uno scoppio e la cantina piombò nell'oscurità.

Col bastone Asdrubale aveva colpito l'unica lampadina polverosa e l'aveva mandata in frantumi.

Emilia si mise a piangere. Aveva un bell'essere strega! Ma era pur sempre una piccola che aveva appena imparato a camminare. Singhiozzava tremando nel buio, appollaiata in alto come un pipistrello, quando sentí una voce rassicurante proprio vicino al suo orecchio:

– Non temere, padrona. Andrà tutto bene, adesso. Siamo arrivati noi –. E un tocco gentile di piume le sfiorò la guancia.

Contemporaneamente Asdrubale cacciò un urlo

lancinante: cinque unghioli acuminati come spilli gli si erano conficcati in un polpaccio.

– Zitto! Mefisto! Cosa ci fate qua dentro? – gridò Sibilla. – Correte ad avvertire qualcuno che ci vengano a liberare!

ARRIVANO I NOSTRI

CAPITOLO **19**

Fu cosí che Zaccaria, mentre insieme al vecchio custode controllava i rubinetti della biblioteca, vide entrare dalla finestra un grande uccello verde starnazzante che strillava: – In cantina! In cantina! Pericolo! Aiuto! Delinquenti!

– Vede che avevo ragione io? – disse Zaccaria. – Si tratta proprio dell'autoclave, che si trova in cantina. Qualcuno deve averla sabotata. Ecco perché manca l'acqua.

– Ma non mi faccia ridere! – rispose il custode. – Adesso devo farmi insegnare il mio mestiere da un pappagallo!

– Pericolo! Aiuto! Delinquenti! Cantina! – strepitava Zitto sbattendogli le ali in faccia.

– Pericolo? Cosa succede in cantina? Chi è in pericolo?

– Padrona, pericolo! Emilia, Sibilla. Aiuto!

– Emilia? Sibilla? Altro che autoclave! Corriamo!

– Cosa avevo detto? – disse il custode arrancandogli dietro.

Tutto è bene quel che finisce bene.

I due salvatori irruppero nella cantina, accesero la luce d'emergenza e videro Asdrubale Tirinnanzi sepolto sotto una montagna di libri che l'astuto Mefisto gli aveva fatto cadere addosso per immobilizzarlo, grazie al fatto che, come tutti i gatti, ci vedeva anche al buio.

Zaccaria lo riconobbe immediatamente come «il giovanotto della magia nera», lo sollevò da terra, lo scrollò, e quando Sibilla gli ebbe raccontato cosa era successo, gli appioppò un paio di ceffoni.

Poi vennero due poliziotti, gli misero le manette e lo portarono in prigione.

E in prigione lo raggiunse la data fatidica quando, non essendo riuscito a sposare una strega, Asdrubale Tirinnanzi perse definitivamente la sua eredità di cinquanta miliardi.

Ma arriviamo al fatidico momento della apertura della busta.

Dentro c'era scritto:

«Bene! Quello che speravo si è verificato. Quel cretino di Asdrubale non è riuscito a superare la prova. La mia eredità andrà quindi divisa in due parti uguali. Metà sarà consegnata alla strega che avrà rifiutato di sposare quel mollusco del mio pronipote, come premio per il suo disinteresse e la sua intelligenza.

L'altra metà andrà all'unico discendente della mia Prunisinda, figlio del figlio del suo fratello maggiore Empedocle, emigrato in Argentina nel 1909».

Il notaio si grattò la testa infastidito.

– Ancora problemi! – sbuffò. – A rifiutare Asdrubale è stata Sibilla, ma la strega non è lei...

– Anche Emilia l'ha rifiutato, – obiettò la sorella maggiore, – anzi, gli ha dato un sacco di bastonate con la scopa.

E cosí venticinque miliardi furono depositati in banca a nome della piccola strega.

Potete immaginare la meraviglia dei genitori quando tornarono dall'Inghilterra e scoprirono che la loro ultimogenita non solo era una strega, ma era anche miliardaria.

– E questo erede della moglie defunta? – disse poi il notaio. – Adesso mi tocca mettermi a cercare le tracce di un vecchio emigrato per tutte le pampas dell'Argentina.

– C'è poco da cercare, – disse Diomira che aveva accompagnato Sibilla all'apertura della busta.
– Ha presente la mia povera sorella Ermelinda, la mamma di Zaccaria? Quando morí era vedova. Ma suo marito veniva dall'Argentina. E suo suocero si chiamava proprio Empedocle.

– Il nonno di Zaccaria! – esclamò Sibilla tutta contenta. – Quindi il nostro amico è il pronipote di Prunisinda! Pronipote di una strega... Come è piccolo il mondo!

Cosí l'altra metà dei cinquanta miliardi andò a Zaccaria, quale unico erede della defunta moglie di Sempronio Tirinnanzi.

E sapete cosa ne fece Zaccaria? Fece ingrandire la biblioteca, comprò nuovi libri, svuotò la cantina e fece restaurare tutti quegli antichi volumi che avevano seppellito l'incauto Asdrubale Tirinnanzi.

E si sposò con Sibilla.

Ma questo molti, molti anni dopo. Dopo che la ragazza si fu laureata in archeologia spaziale ed ebbe fatto delle importantissime scoperte sulla preistoria degli extraterrestri.

Anche Emilia si sposò. E indovinate con chi? Con Sigfrido Garlasconi, proprio lui. E vissero da ricconi andandosene continuamente in giro per il mondo, non a cavallo della scopa, ma con i miliardi del prozio Sempronio.

Secondo me però in questa storia c'è qualcuno che è stato trattato ingiustamente.

Infatti una ricompensa sarebbe dovuta andare anche al topo che aveva rosicchiato le pagine del libro di magia.

Perché solo grazie a lui Asdrubale Tirinnanzi aveva raccolto delle informazioni incomplete e si era accorto di Emilia solo quando era ormai troppo tardi.

E invece, ingiustizia della sorte, proprio grazie alla eredità di Zaccaria il topo si trovò improvvisamente senza cibo laggiú in cantina e gli toccò emigrare nei sotterranei di una banca, cambiando per di piú la dieta cui era abituato dalla nascita.

Non mi si dirà infatti che le banconote hanno lo stesso sapore e lo stesso valore nutritivo dei libri!

La morale di questa storia dunque è che al mondo non c'è giustizia per i topi di biblioteca!

INDICE

STREGHETTA mia

p.		
p.	7	Prologo indispensabile
	13	Comincia la storia vera e propria con l'entrata in scena dei personaggi principali
	18	Gli Zep
	23	Emilia fa il bagno
	28	Lo sconosciuto della biblioteca
	31	Zitto parla
	40	Il gatto Mefisto
	46	I capelli di Emilia
	52	Emilia impara a... camminare
	60	Letture shakespeariane
	76	Asdrubale fiuta una pista
	80	Parole crociate

- 89 L'equivoco fatale ovvero dramma d'amore in biblioteca
- 93 Mezza dozzina di streghe
- 98 La ragazza dai capelli rossi
- 111 Un corteggiatore insistente
- 118 Asdrubale non demorde
- 121 Asdrubale passa alle maniere forti
- 132 Caccia alla strega
- 139 Arrivano i nostri

Einaudi Ragazzi

Storie & rime

Pubblicazioni più recenti

- 609 L. Gandini / R. Piumini, *Fiabe toscane*
- 610 Ingo Siegner, *Nocedicocco Draghetto sputafuoco*
- 611 Marta Palazzesi, *In Svizzera la cioccolata è piú buona - Una storia di amicizia nell'Italia della Shoah*
- 612 Febe Sillani, *Mostri, che paura!*
- 613 Ute Krause, *Mino Sauro in un mare di numeri*
- 614 Ingo Siegner, *Nocedicocco - Avventura sul Nilo*
- 615 Gionata Bernasconi, *Storie divertenti di animali sorprendenti*
- 616 Roberto Piumini, *C'era una volta, ascolta*
- 617 S. Bordiglioni / M. Badocco, *Dal diario di una bambina troppo occupata*
- 618 Stefano Bordiglioni, *Piccole storie di un lontano Oriente*
- 619 Roberto Piumini, *Mi leggi un'altra storia?*
- 620 Beniamino Sidoti, *Vinca il piú scemo!*
- 621 Beatrice Masini, *La bambina di burro e altre storie di bambini strani*
- 622 P. Baccalario / A. Gatti, *Ciccio Frittata*
- 623 Jules Verne, *Viaggio al centro della terra*
- 624 Fabrizio Silei, *Storia di una volpe*
- 625 Annalisa Strada, *Io, Emanuela - Agente della scorta di Paolo Borsellino*

626 Sophie Rigal-Goulard, *Dieci giorni senza schermi? Che sfida!*
627 Sabina Colloredo, *Io, Cleopatra*
628 *Storie di cavalli*, a cura di Vic Parker
629 Christian Stocchi, *Favole in wi-fi - Esopo, oggi*
630 Ingo Siegner, *Nocedicocco - Allarme vulcano sull'Isola dei Draghi*
631 Stefano Bordiglioni, *Fra le mura di antiche città*
632 Cinzia Capitanio, *Sulle ali del falco*
633 Annamaria Piccione, *La musica del mare*
634 Stefano Bordiglioni, *Diario di Giulio. Top secret*
635 Isaac Bashevis Singer, *Una notte di Hanukkah*
636 Roberto Piumini, *Motu-Iti - L'isola dei gabbiani*
637 Tiziana Merani, *L'incredibile signorina Frisby*
638 Stefano Bordiglioni, *Scuolaforesta*
639 Stefano Bordiglioni, *Il giro del mondo in 28 e-mail*
640 Lia Tagliacozzo, *Il mistero della buccia d'arancia*
641 Eliana Canova, *Il bambino che inventò il cavallo*
642 Stefano Bordiglioni, *Piccole storie di grandi civiltà scomparse*
643 Roberta Mastruzzi, *Quanti pasticci, Ricottina!*
644 Dominique Demers, *SOS: nuova prof!*
645 Beatrice Masini, *Bambine!*
646 Stefano Bordiglioni, *Un attimo prima di dormire*
647 Fabrizio Altieri, *Tre amici e un cavallo*
648 Riccardo Davico, *Il mistero del faro*
649 Daniel Pennac, *Io e Kamo*
650 Véronique Beerli, *Belle, astute e coraggiose - Otto storie di eroine*
651 Eva Serena Pavan, *Prima media mai piú!*

Finito di stampare nel mese di maggio 2017
per conto delle Edizioni EL
presso G. Canale & C. S.p.A., Borgaro Torinese (To)